붓
씨

한향순 수필집

불씨

1판 1쇄 인쇄 | 2007년 11월 1일
1판 1쇄 발행 | 2007년 11월 5일

지은이 | 한향순
발행인 | 이선우
펴낸곳 | 도서출판 선우미디어
　　　　등록 | 1997. 8. 7　제2-2416호
　　　　100-846 서울 중구 을지로3가 104-10
　　　　신성빌딩 403 ☎ 2272-3351, 3352 팩스 2272-5540,
　　　　sunwoome@hanmail.net
　　　　Printed in Korea ⓒ 2007. 한향순

값 10,000원

※ 잘못된 책은 바꿔 드립니다.
※ 저자와의 협의하에 인지 생략합니다.

ISBN 89-5658-166-5　03810

불 씨

한향순 수필집

선우미디어

꽃들이 피어나는 신록의 봄인가 싶으면 더위가 오고, 긴 장마의 지루함에 하품을 하고나면 어느새 조락의 계절이 다가왔습니다. 하수구에 마구 흘러버린 물처럼 시간은 빠르게 흐르고 세월의 강은 모든 기억을 휩쓸어 갈 것 같아 겁이 났습니다.

보잘것없는 평범한 삶이었지만 살아오면서 울고 웃던 기억의 편린들이나마 소중하게 간직하고 싶어 글을 쓰기 시작했습니다. 그러나 이십여 년 가까이 수필을 쓰면서도 책으로 묶어 세상에 내어놓는 일은 커다란 용기가 필요했습니다.

누가 귀 기울여 들어주지도 않는 넋두리를 펼쳐 놓는 것에 회의도 많았지만, 그것 또한 자신의 모습이라고 하신 어느 분의 글을 읽고 용기를 냈습니다. 부끄럽고 누추한 이야기지만 나의 숨김없는 고백이고 지난날의 나의 진솔한 모습이니까요.

글을 쓰는 일은 어쩌면 평범하고 하잘것없는 존재에 의미를 부여하는 일인지도 모릅니다. 김춘수의 <꽃>이라는 시에서 "내가 너의 이름을 불러 주었을 때, 너는 나에게로 와서 꽃이 되었다."는 글귀처럼 비로소 내가 어떤 존재에 관심을 갖고 애정을 주었을 때, 그것은 나에게 의미 있는 존재가 된다는 뜻입니다. 별것 아닌 삶을 별것으로 만들어 주고, 누추하고 허름한 삶을 의미 있는 삶으로 바꿔주는 것이 글이 아닌가 생각합니다.

오늘 저에게 이런 지면을 마련하도록 수필의 글밭으로 이끌어주신 이정림 선생님께 진심으로 감사드립니다. 그리고 한국일보와 롯데에서 수필 공부를 하며 함께 울고 웃던 문우들과 산영수필문학회 선후배님들 사랑합니다. 그리고 묵묵히 옆에서 후원을 보내준 남편과 멀리 있는 딸 주연이와 아들과 며느리, 두 손자도 나의 소중한 보물입니다.

바쁜 중에도 표지를 그려준 며느리 "종욱 어미야! 정말 고맙다."

2007년 여름

한 향 순

차례

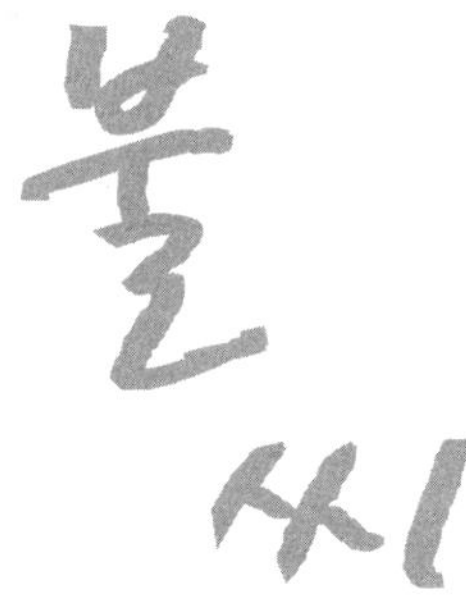

책머리에 4
이정림 | 한향순의 수필세계 241

1

2

3

4

1

여러 개의 모습

우리 집 근처에는 양재천이라는 작은 개천이 흐르고 있다. 옛날에는 제법 수량도 많고 물도 맑아서 물고기가 살았을 것 같지만 차츰 물이 많이 줄어들고 더러워져서 그저 생활하수가 흐르는 개천에 지나지 않았다. 그러나 지저분하던 곳을 얼마 전 도시 정비 사업으로 제방을 쌓고 둑길을 포장하면서 가로등까지 설치해 놓아 인근 주민들의 좋은 조깅 코스가 되었다.

그 길이 그렇게 달라지기 전에는 아파트 4층인 우리 집에서 내려다보면 사람들이 오가는 둑길만 보일 뿐 개천은 보이지 않아 다행스럽게 생각했다. 가끔 가까이 지나다 보면 개천은 늘 시커먼 빛깔이어서 몹시 불결해 보였기 때문이다. 그런데 어느 날 반상회가 있어 맨 위층 집을 방문할 기회가 있었다. 그때는 해가 지고 어둠이 서서히 내려앉는 시각이었는데 무심코 창밖을 내다보고 있자니 둑길의 가로

등이 하나 둘 켜지면서 갑자기 '멋진 강'이 나타나는 것이 아닌가.

　나는 너무 놀라서 저기가 도대체 어디냐고 물었다. 주인은 내 물음에 의아해 하며 자기는 저 개천이 있어서 얼마나 좋은지 모른다고 말했다. 마음이 울적할 때 따뜻한 가로등의 불빛을 받아 번쩍거리는 개천을 보고 있으면 마치 센 강변에라도 와 있는 듯 상상을 하면서 향기로운 차를 마신다고 했다. 그의 베란다 탁 트인 창가에는 예쁜 탁자에 의자 두 개가 마주 보며 놓여 있어서 밖을 내다보며 운치 있게 차를 마실 수 있도록 해놓았다. 어쩌면 같은 아파트에서도 위치에 따라 밖의 모습이 이렇게 달라 보일 수 있을까 놀랍기만 했다. 그저 우리 집 창을 통해서 내다보이는 것만이 우리 동네의 모습이라고 생각했던 나의 고정관념이 무너지는 순간이었다.

　얼마 전에 남편과 집 근처에 있는 구룡산에 올라간 적이 있다. 산 가까이에서 살고 있어도 등산은 오랜만이어서 흙냄새와 나무 냄새가 그렇게 좋을 수가 없었다. 맨손으로 산을 오르는데도 이마에는 땀이 배이고 숨이 찼다. 산 중턱에서 약수를 마시고 정상에 오르니 우리 동네가 한눈에 들어오며 유유히 흐르는 한강과 서울의 강남 쪽이 지도를 펴놓은 듯 내려다보였다. 수많은 아파트 숲을 더듬어 성냥갑 같은 우리 집을 찾다보니 마치 지렁이 같은 양재천이 보였다. 그것은 우리 아파트 위층 집에서 멋지게 보이던 그 개천하고는 또 다른 모습이었다.

　능선을 타고 나란히 붙어 있는 대모산까지 올라갔다가 내려오는 길에 우리는 그만 길을 잘못 들고 말았다. 낯선 길을 따라 아래쪽으

여러 개의 모습 ……

로 내려오다 보니 이야기로만 듣던 철거민들의 비닐하우스 촌으로 들어선 것이다. 깨끗하고 반듯한 아파트 단지를 길 하나 사이에 둔 그곳의 생활은 마치 전쟁 후 피난민 시절의 모습을 보는 것 같아서 마음이 우울해졌다. 그것은 무어라고 표현하기 어려운 찡한 아픔 같은 것이었다. 산을 오르며 즐겁게 이야기를 주고받던 우리 부부는 공연히 마음이 무거워져서 그저 묵묵히 걷기만 하다가 집으로 돌아왔다.

며칠 후 그때의 느낌을 같은 동네에 사는 친구에게 이야기했더니 그는 갑자기 흥분하면서 도시 정책을 비판하고 그 곳 주민들을 비난하는 것이었다. 그들 속에는 정말 오갈 데 없는 도시 빈민들도 있겠지만 대부분은 '철거용 딱지'를 얻기 위한 사람들이 많다고 하면서 그 앞에 서 있는 승용차들을 보지 못했느냐고 물었다. 생각해 보니 그곳은 등산객들의 차가 들어갈 수 없는 곳인데도 고급 승용차들이 꽤나 많았다. 나는 친구의 말에 반신반의하면서도 무엇엔가 배반당한 것 같은 기분이 들어 마음이 씁쓸해졌다. 당시 내가 느낀 감정은 섣부른 감상이나 어설픈 동정심이 아니었는데도 왜 그런 기분이 들었는지 모른다.

그래서 곰곰이 생각해보니 그것은 내가 또 내 시각으로만 보고 느끼고 그들의 생활을 성급하게 헤아렸기 때문이라는 것을 알았다. 대개의 사람들은 어쩌면 자기 시야에 들어오는 것만을 볼 수 있으며 그런 고정관념과 편견을 가지고 평생을 살아가는 것이 아닐까 하는 생각이 들었다.

내가 처음 산동네의 모습을 보고 우울해했던 것도 길 건너 아파트촌의 풍요로운 문화생활과 비교해서 궁핍한 그들의 삶이 고달프고 불행하리라고 짐작했기 때문이었다. 좋은 아파트에서 산다고 해서 걱정 없이 모두 행복한 생활을 하는 것은 아닐 테고, 집 한 칸 없이 궁핍하게 산다고 해서 모두 불행한 것은 아니지 않을까.

숲 속의 나무들도 크고 작은 것이 있고, 올곧게 자란 나무가 있는가 하면 용트림을 하듯 구부러진 나무도 있는 것처럼 사람 사는 모습도 여러 모습이 있을 것이다. 그런데도 나는 늘 내가 좋아하는 시각으로, 내가 편리한 시각으로만 사물을 보려고 한다. 세상은 단순한 것이 아니다. 그리고 사물은 여러 개의 모습을 지니고 있다.

내 시각이 좀더 넓어지지 않는 한, 그리고 내가 지니고 있는 고정관념의 벽을 깨뜨리지 않는 한, 나는 늘 혼자 좋아하고 실망하며 마음 아파하는 일이 끊이지 않을 것이라는 생각이 든다.

1994. 3.

장미와의 화해

오늘은 병원에 가는 날이다. 내가 다니는 대학병원으로 가는 거리에는 여러 가지 풍경이 있다. 흥겨운 음악과 춤의 축제가 있는가 하면 묵묵히 앉아 초상화를 그리는 화가도 있다. 가끔은 노천에 무대를 마련하고 연극을 하는 실험극도 볼 수 있다. 언제나 젊은이들이 마음껏 낭만을 즐기고 열정을 발산하는 곳이기도 하다.

올해는 봄이 일찍 온 탓인지 온갖 꽃들이 앞 다투어 한꺼번에 피는 듯하다. 개나리와 목련이 피었는가 싶더니 어느새 벚꽃과 진달래까지 만발하였다. 그래서인지 오늘은 이 거리가 더 활기차고 눈이 부시도록 화사하다. 그러나 정작 병원 문을 들어서면 분위기가 아주 다르다. 꽃과 나무의 모습은 비슷하지만 사람들의 표정과 행동은 바깥 거리와는 너무 대조적이다. 걷기도 힘들어서 부축을 받으며 조심스럽게 가는 사람이나 휠체어에 앉아 봄볕이라도 쬐려고 시름없이 앉아 있는 사람도 있다. 나는 환한 햇빛 속에서 갑자기 짙게 구름이 낀 그늘 속으로 들어온 듯한 느낌이 들었다.

내가 목 디스크란 병을 얻어 여러 병원을 순례하기 시작한 것이 육년 전쯤부터이다. 처음에는 잠을 잘 수도 없을 만큼 너무 고통이 심해서 유명하다는 병원이나 한의원을 찾아다녔다. 누가 무슨 약이 좋다고 하면 당장 가서 지어 오고, 용한 침술원이 있다면 의심 없이 달려가 뜸을 뜨고 침을 맞았다.

그러다가 차츰 시간이 지나면서 통증도 조금씩 줄어들고 빨리 병을 고치겠다는 성급한 마음도 다스리기 시작했다. 우선 사람에게 병이 나면 그렇게 되기까지의 원인이 있을 것이다. 평소 생활 습관이나 자세가 나쁘다든가 몸을 무리하게 혹사시켰다든가, 또는 마음의 평정을 잃고 신경을 많이 썼을 것이다. 그렇게 무모했던 원인은 생각지도 않고, 그저 조급한 마음에 안달만 했으니 얼마나 어리석었는지 모른다.

다행히 남편의 권유로 이 병원 K박사님의 치료를 받기 시작한 것이 삼 년쯤 된다. 진료 차례를 기다리기 위해 대기실에 앉아 있자니 자연스럽게 다른 환자들에게 눈길이 간다. 맞은편에는 앳되어 보이는 소녀가 어디가 아픈지 휠체어에 앉아서 차례를 기다리고 있다. 엄마인 듯한 사람과 무어라고 소곤거리는데 웃음이 묻어나는 얼굴이 천진스럽기만 하다. 처음에는 그저 무심히 그 소녀를 보고 있다가 마치 오래된 환부가 다시 도지듯이 가슴에 통증이 왔다. 이십여 년 전

나도 이 병원에서 여섯 살짜리 아들과 한 달여 동안 지낸 적이 있다. 그때는 저 소녀의 엄마처럼 나도 아들의 휠체어를 밀며 병원 안을 수없이 오르내렸다.

어느 날 유치원에 다니던 아들아이가 친구네 집에서 놀다가 눈을 다쳤다며 울고 들어왔다. 장난을 치다가 넘어지면서 친구제 집 정원에 있는 장미 가시에 눈을 살짝 스친 것 같았다. 처음 병원에서는 각막이 조금 긁혔으나 곧 괜찮을 것이라고 했다. 그러나 아이의 눈은 아무리 치료를 받아도 점점 나빠지기만 했다. 나는 밤낮으로 아이를 업고 이 병원 저 병원을 미친 듯이 뛰어다녔다. 그렇게 열심히 치료를 받았건만 결국 우리나라 최고의 병원이라는 이곳에 와서 들은 말은 절망적이었다. 장미의 독이 퍼져서 아이의 눈을 돌이킬 수 없도록 상하게 했다고 한다. 그리고 빨리 수술을 받지 않으면 목숨까지 위험하다는 것이었다.

고통에 몸부림치는 아이를 보면서도 혹시나 하는 미련 때문에 수술을 미루며 실성한 사람처럼 거닐던 복도, 수술을 받고 난 뒤 절망과 두려움에 떨며 밤을 새우던 아픈 기억들이 되살아났다. 아이는 제가 어떤 수술을 받았는지도 모르고 통증이 줄어들자 호기심 많은 장난꾸러기로 돌아왔다. 휠체어를 밀며 돌아다니던 회복 기간이 끝나자 힘들었던 병원 생활을 마치고 한쪽 눈을 잃은 아이를 데리고 집으로 왔다.

그 후 나는 오랫동안 외출을 피하고 세상과 담을 쌓으며 집에서 칩거하듯이 살았다. 그때는 가정의 울타리 안에서 아이를 키우고 살림 잘하는 것이 내 인생의 전부처럼 생각되던 젊은 시절이었다. 아들에게 일어난 일들을 사실로 받아들이기보다는 외면하고 싶고 인정하고 싶지 않았다. 병원에 있을 때는 고맙기만 하던 이웃들의 관심이 동정과 호기심으로 우리를 괴롭히는 것 같았고, 아이와 같이 나의 인생까지도 패배하고 말았다는 절망감을 이겨 낼 수가 없었다. 그리고 어떻게 해야 여섯 살짜리 아이에게 장애를 스스로 극복할 수 있게 하고, 꿋꿋하고 바르게 키울 수 있을까 하는 걱정이 머리를 짓누르고 있었다.

걱정하고 꺼려하는 것은 외면할수록 두려움이 커지는가 보다. 나는 오랫동안 아이의 상처와 관련된 것들을 모두 잊으려 노력했고 피하려고만 했다. 간혹 이 병원에 병문안이나 문상을 올 일이 생겨도 이 근처에는 절대로 오지 않았고, 친구네 정원에서 장미를 다 뽑아버렸다는 말을 듣고도 밤새 가슴앓이를 했다. 정작 상처를 입은 아이보다 내가 더 흔들리고 휘청거렸다.

그렇게 절망의 늪 속을 허우적거리다가 나는 차츰 내 가정의 울타리 밖으로 눈을 돌리기 시작했다. 그리고 세상에는 나보다 더 절박하고 아픔을 겪는 사람들이 많이 있다는 것을 알았다. 그때까지 나는 어리석게도 두려움의 실체를 직시하지 못하고 외면을 한 채 엄살을 피우고 있었던 것이다.

비로소 진실을 인정하고 받아들이자 수치심이나 두려움은 없어지고 나를 괴롭히던 모든 것과 화해를 하게 되었다. 고마웠던 친구와 이웃들, 수술을 해서 한쪽이라도 시력을 갖게 해준 이곳 대학병원과도…. 그리고 그토록 저주하고 외면하던 장미꽃도 다시 아름답게 보이기 시작했다.

앞에 있는 모녀를 바라보며 생각에 잠긴다. 혹시 내가 겪었던 아픔을 그들이 겪게 되더라도 오랫동안 절망하지는 말라고, 고통 뒤에는 반드시 기쁨도 함께 오는 것이 우리네 삶이라는 아주 평범한 이야기를 들려주고 싶다.

1998. 5.

순애이야기

버스 터미널까지 순애를 배웅하고 집에 들어오니, 순애가 가져온 짐 보따리가 여기저기 널려 있었다. 아까 그 애가 일일이 가르쳐주며 봉지를 열어 보였는데도 그때는 건성으로 들었는지 꾸러미들이 생소하기만 했다. 새삼스레 그것들을 하나씩 풀어보니 고춧가루가 한 되쯤 들어있고 깨와 콩이 조금, 메주가루와 풋마늘에 양파, 풋고추까지 봉지마다 담겨 있었다. 넉넉지 않은 시골 살림에 시어른을 모시고 살면서 이만큼이나 챙겨 오려면 눈치를 보면서 여러 날 준비했으리라.

순애가 어제 저녁 전화를 해서 내일 새벽차로 서울에 온다고 일방적인 통보만 하고 전화를 끊었을 때 사실은 반가움보다는 또 무슨 일일까 하고 걱정부터 앞섰다. 하루 종일 내 볼일도 접어두고 순애를 기다리기도 지루했지만, 서울 지리도 서투르고 한글도 모르는 처지라 터미널까지 나가서 데려와야만 했다. 한번은 택시를 타고 찾아오라고 했다가 길을 잃고 반나절이나 헤맨 경험이 있어서 마음이 놓이질 않았다.

순애와의 인연은 이십여 년쯤 전으로 거슬러 올라간다. 결혼해서 둘째 아이를 가지고 몸 풀 때를 기다리는데 어느 날 친정어머니께서 스무 살이나 됐음직한 처녀를 데리고 오셨다. 영문을 몰라서 의아해하는 나에게, 해산할 때 어머니가 돌봐주어야 하는데 와병중인 아버지 때문에 올 수가 없으니 대신 나를 돌봐줄 사람을 구해오셨다고 했다.

순애는 딸만 있는 가난한 집의 셋째 딸로 태어났다. 어려서 아버지는 돌아가시고 어머니마저 개가하는 바람에 자매는 뿔뿔이 흩어져 남의 집 양녀로 가거나 고아원으로 갔는데, 자기는 언니 집에 얹혀 살다가 남의집살이를 시작했다고 했다. 처음에는 재워주고 먹여주는 것이 고마워서 일을 했고, 나중에는 월급을 준다는 집을 찾아 여러 집을 전전했지만 변변히 돈도 못 받고 구박만 받다가 우연히 우리 어머니를 알게 되어 내 집에 오게 되었다고 했다.

순애는 고생에 찌든 아이같지 않게 밝고 명랑했다. 단순하고 철이 없어서 가끔 일을 저질렀지만 심성은 착하고 고왔다. 그리고 무엇보다도 내가 몸을 풀고 난 후 두 아이들을 제 동생같이 귀여워하고 예뻐해주었다. 그렇게 삼 년쯤 데리고 있다 보니 한 가족처럼 스스럼없게 되었다. 그러다가 아이들도 어느 정도 자라고 계속 순애를 데리고 있을 수 없어 다른 곳으로 가라고 권유했지만 그 애는 들은 척도 하지 않았다.

하는 수 없이 농사를 짓는 시어머님의 힘을 덜어 드리기 위해 순애를 설득했다. 그래도 어느 정도 도시에서 문화생활을 하며 살다가 힘든 시골 일을 해낼지 걱정이 되었지만 순애는 우리 집과 인연이 끊이지 않는다는 이유로 흔쾌히 승낙을 하고 시골로 내려갔다. 어쩌다가 내가 시댁에 가면 마치 친동기라도 만난 듯 눈물을 흘리며 반가워했다. 그러나 워낙 부지런하고 알뜰하신 어머님의 눈에 순애가 탐탁할 리가 없어서 반년쯤 후에는 다시 우리 집으로 되돌아왔다. 나는 순애에게 자립할 수 있도록 무슨 기술이라도 배우게 하려던 참이었다.

그런데 고향에 있는 순애 언니한테서 시집을 보내야겠으니 순애를 보내 달라는 연락이 왔다. 선을 본 순애도 싫은 기색이 없고 다행히 남자 쪽에서도 마음에 들어 해서 결혼을 서두르게 되었다. 시부모를 모시고 많은 시동생들과 농사를 짓는다기에 내심 말리고 싶었으나 순애와 언니가 허락을 하는 바람에 어쩔 수가 없었다.

순애를 시집보낸 후 나는 마치 짐을 벗은 듯 그 아이를 잊고 살았다. 어느 날 몇 년째 소식이 없던 그 애가 울먹이며 전화를 했는데 시집살이가 너무 힘들고 고달파서 견디기 어렵다는 이야기였다. 그때 내가 해줄 수 있는 말이란 힘들더라도 잘 참고 견디라는 말뿐이었다. 순애가 갖은 고생을 하며 컸으니 시집가서라도 남편과 시부모님 사랑받고 잘 살아주었으면 했는데 고생스럽다는 말을 들으니 마음이 무거웠으나 나는 아무런 도움도 줄 수가 없었다. 잊어버릴 만하면 다시 전화가 오곤 했는데, 비슷한 하소연과 꼭 한 번 자기 집에 와 달라는 부탁이었다. 순애의 집이 멀기도 했지만 나는 매정하게도 그 애의 집을 한 번도 가지 않았다. 그것은 순애가 나에게 기대감을 갖고 있는 것이 부담스러웠고, 어쩌면 그의 보호자 역할을 떠안게 될지도 모른다는 얄팍한 이기심 때문이었을 것이다.

몇 년 전 순애가 가출했을 때에도 그 시집에서는 우리 탓이 아닌가 하고 의심을 했었다. 느닷없이 서울에 있다는 순애의 전화를 받고 일한다는 식당으로 달려가보니 시커멓고 마른 모습은 마치 다른 사람 같았다. 꾸중하려는 나에게 꿈을 꾸는 듯 말했다. 자기의 일생 중 가장 행복했던 시절은 우리 집에서 살던 때라고 했다. 지금도 그때를 그리워하며 생각을 많이 한 닐은 그 시절의 꿈까지 꾼다고 했다.

우리 아이들을 데리고 놀러 다니던 일, 월급을 타서 제 손으로 돈을 만져보고 모으던 이야기를 했다. 결혼할 때 내가 마련해준 혼수품 중에서도 예쁜 반짇고리는 아까워서 쓰지를 못하고 그때의 사진이나 액세서리를 모아 두는 용도로 보관한다고 한다.

내가 아직도 세 아이의 엄마이자 사십이 넘은 순애를 아이로만 착각하는 것도 그렇게 순수하고 천진해서일 것이다. 그 시절 내가 정을 쏟아 곰살궂게 대해준 것도 아닌데 순애가 잊지 못하는 이유가 무엇일까. 배운 것이 없다고 무시하는 시어머니의 구박이 힘든 농사일보다 더 견디기 어려웠다는 순애의 말을 떠올리며, 처음으로 자기의 존재를 인정해주고 정으로 대해준 것 때문이 아닐까 싶다. 그때 순애에게 한글이라도 가르쳐서 까막눈이라도 면하게 해주었더라면 지금보

다는 조금 덜 힘들게 살지 않았을까 하는 뒤늦은 후회가 그가 놓고
간 올망졸망한 보따리 위에 아프게 번져온다.

1995. 10.

달맞이꽃을 보며

아침부터 바람 한 점 없는 찌는 듯한 날씨였다. 친구에게서 달맞이꽃을 보러 오지 않겠느냐고 전화가 걸려 왔다. 나는 야생화에 대해서는 잘 모르지만 예전에 어떤 문우의 글에서 달빛을 받아 달맞이꽃 망울이 터지는 소리가 마치 음악 소리 같았다는 수필을 읽은 적이 있어서 그 꽃에 대해 궁금한 생각이 들었다. 물론 꽃의 생김새도 잘 모르지만 이 무더운 한낮에 달맞이꽃이 피어 있다니 믿어지지 않았다.

집에서 두어 시간쯤 걸려 신도시로 가는 길목에 들어서니 시원하게 뚫린 도로와, 그 옆의 가로공원은 마치 사람의 손길이 닿지 않은 듯 온통 잡초와 들꽃들로 뒤덮여 있었다. 여름철 들판에서 흔히 볼 수 있는 하얀 개망초 사이로 키가 큰 노란 꽃들이 무리 지어 있었다. 먼 곳에서 볼 때는 노란 색깔 때문인지 꽃이 활짝 피어 있는 것처럼 보였는데 가까이 다가가서 보니 꽃은 노란 나비가 날개를 접고 앉아 있는 것처럼 꽃잎을 잔뜩 움츠리고 있었다.

달맞이꽃은 원산지가 아메리카인데, 달빛 속에서만 핀다고 하여 월견초(月見草)라고도 하며 오래전에 우리나라에 옮겨와 귀화한 꽃이지만 많은 사람들이 우리의 야생화로 알고 있다. 꽃의 키는 어른의 허리쯤 오는데 꽃대는 곧게 뻗어 뾰족한 잎을 얼기설기 달고 있는 모양이 마치 노란 저고리를 입고 수줍어하는 새색시같이 느껴졌다.

친구는 자기가 이 길을 달릴 때마다 달맞이꽃이 활짝 피어 반겨주는 것 같더라고 호언하던 말이 쑥스러웠던지, 만개한 꽃을 보여주지 못하는 것에 몹시 미안해하였다. 우리는 이글거리는 햇볕을 머리 위로 받으며 달맞이꽃이 무리지어 있는 길을 말없이 걸었다. 온몸은 뜨겁게 달구어진 아스팔트의 열기로 해서 땀으로 흠뻑 젖었지만 가슴 속에는 시원한 소나기 한줄기가 지나가고 있는 듯했다.

그 친구와는 오랜 우정을 키워 왔고 서로를 잘 알고 있다고 생각했기에 별로 허물이 없었다. 그러다가 얼마 전에 사소한 일로 마음을 상하게 된 것이었다. 사람의 관계란 가깝고 친할수록 이해하고 배려하기보다는 많은 것을 기대하고 당연하게 여기는 일이 많은 것 같다. 나도 그랬다. 내가 친구를 좋아하고 가깝게 느끼는 것만큼 그의 입장에 서서 이해하기보다는 나를 배려해주지 못하는 그가 섭섭하기만 했다. 그런 소견 없는 생각들이 어떤 상황에 부딪혀 불쑥 말이 되어 나왔고, 그것이 서로에게 상처를 입히는 독이 되었던 것이다.

남의 마음을 아프게 하면 내 마음은 더욱 고통스럽다는 것을 알면서도 빗나간 화살처럼 어긋난 감정을 바로잡지 못한 채 시간은 자꾸 흘렀다. 단지 자존심 때문만은 아니었다. 이 나이가 되어서도 치기(稚氣)스러운 감정을 보인 것이 부끄러웠고, 그리고 친구와 지내 온 시간들을 돌이켜보며 나는 그에게 어떤 존재였을까를 곰곰이 되삭여 보고 싶었다.

처음 사람과 사람이 만날 때는 나하고는 다른 모습에 막연한 신비감이 들고 그런 것이 호기심을 일으켜 서로를 알고 싶어 하고 가까워지는지도 모르겠다. 그러다가 많은 이야기를 나누면서 같은 공감대를 느끼며 감동하기도 하고, 가까이에서 본 상대방의 모습에서 실망을 느끼기도 하는 것이 사람과의 관계일 것이다. 그 친구와도 오랜 시간을 같이 하면서 많은 우여곡절을 겪으며 지내왔다.

오늘 그가 달맞이꽃밭으로 나를 초대한 것은 나에게 달맞이꽃을 보여주려는 의도보다는 화해의 의미인 것을 안다. 먼저 화해의 손길을 내밀 수 있는 친구는 역시 큰 가슴을 지닌 용기 있는 사람이다. 그의 너그러운 모습 앞에서 마냥 옹졸하고 왜소한 자신을 돌아보며 나는 많이 부끄러웠다.

커다란 트럭이 휘몰고 간 바람 탓일까, 달맞이꽃들이 서로 몸을 부대끼며 웃는 것 같다. 예전에 어떤 꽃인지도 잘 모르면서 그저 좋아했던 어느 시인의 「달맞이꽃」 시 한 구절이 생각난다.

어둑새벽 강가에서 너를 만난다. / 아린 그리움 한 소절 같은 노란 나비 떼/ 젖은 날개 펴고 풀숲에 앉아/ 지난밤 달그림자 꿈에 젖어 있는/ 네 조용한 생(生) 위에 앉았다 가는 것이 달빛이더냐.

나는 그동안 달맞이꽃에 대한 시나 수필을 읽으며 막연히 아름답고 신비스런 꽃이라고만 생각했었다. 그러나 한여름 길가에 지천으로 무리 지어 있는 야생화가 바로 그 꽃이라는 것을 알게 되니 조금은 실망스럽기도 했다. 하지만 그만큼 우리 주위에서 가깝게 볼 수 있는 꽃이기에 더 친근감이 가고 애착이 가는지 모르겠다. 마치 오래되어 편안한 친구가 좋은 것처럼….

1999. 7.

마음으로 하는 말

그날은 집에 손님들을 초대한 날이었다. 저녁 식사 준비를 하기 위해 메모까지 해가며 찬거리를 사왔는데도 일을 하다 보니 몇 가지 빠뜨린 것이 있었다. 약속 시간은 가까워 오는데 혼자서 식사 준비를 하다 말고 다시 시장에 가야 한다는 것은 여간 번거로운 일이 아니었다. 그래서 생각다 못해 집에서 가까운 아파트 상가를 이용하기로 하고 차를 몰고 나갔는데 그곳에는 주차할 곳이 좁아서 몇 바퀴나 돌아도 차를 세울 만한 곳이 없었다.

마침 모퉁이를 돌자 빈자리가 보이기에 급한 마음에 얼른 주차를 시켰더니 갑자기 차의 밑 부분이 심하게 긁히는 소리를 내면서 장애물 위에 차가 얹힌 꼴이 되었다. 그곳은 보행자를 보호하기 위해 시멘트로 장애물을 만들어 놓은 곳이었다. 정말 어찌해야 할지 난감하였다. 장을 보는 것은 고사하고 차를 빼내어 집으로 돌아갈 일이 걱정이었다.

　그곳 상가 경비원을 비롯해 많은 사람들이 와서 밀어보기도 하고 들어보려고도 했지만 차는 꼼짝도 하지 않았다. 하는 수 없이 정비공장에 연락을 해 레커차를 부르려 했으나 전화번호를 몰라 우왕좌왕하고 있을 때였다. 정장을 말쑥하게 차려 입은 한 남자가 다가오더니 차의 앞뒤를 이리저리 살피는 것이었다. 나는 많은 사람들이 도와주려고 왔다가 포기하고 간 뒤라 별로 기대도 하지 않고 그 사람이 하는 모습만 지켜보고 있었다. 그는 차를 이리저리 살피며 한참 무슨 궁리를 하는 것 같더니, 나에게 한마디 말도 없이 흰 와이셔츠를 걷어붙이고 트렁크에서 연장을 꺼내 차체를 올리기 시작했다.

　실은 구색만 갖추어 두었지 한 번도 써보지 않은 연장이라 뻑뻑해서 그의 얼굴은 온통 땀투성이가 되었다. 마침내 차가 위로 번쩍 들리자 그는 어디선가 보도블록을 날라다가 시멘트 장애물 옆으로 차곡차곡 쌓기 시작했다. 나는 그제야 미안하기도 하고 궁금하기도 하여 내가 도울 일은 없는지, 그렇게 하면 차가 빠질 수 있는지를 물어보았지만 그는 한 마디 대꾸도 없이 마치 화난 사람처럼 묵묵히 일만 하는 것이었다.

　한참 후 장애물 옆으로 보도블록이 엇비슷하게 된 다음에야 차체를 다시 내리고, 몇 번 실패를 한 후 드디어 차를 거기에서 빼낼 수 있게 되었다. 그렇게 될 때까지 얼마나 애를 썼는지 그의 얼굴과 옷은 땀과 기름으로 시커멓게 얼룩져 있었다. 나는 너무 고마워서 어떻게 그 표시를 해야 할지 갑자기 생각이 나지 않았다. 고맙다는 말은

수없이 했지만 그 사람은 못들은 척 아무 대꾸도 하지 않았기 때문이
다.

그때 내가 가지고 있는 것이라곤 찬거리를 사려고 했던 잔돈푼밖
에 없기에 좀 부끄럽고 미안했지만 감사의 표시라며 얼마 안 되는
돈을 그에게 내밀었다. 그러자 그 남자가 사양을 했는데, 그것은 말
이 아니라 표정과 손짓으로였다. 그제야 나는 그가 말을 못하는 사람
이라는 것을 알고 깜짝 놀랐다. 어려운 처지를 도와주는 것은 고마웠
지만, 내가 아무리 물어도 말도 없이 일만 하던 그 사람의 태도가 조
금은 거만하게 생각되었고, 혹시 나중에 엉뚱한 요구를 하는 것은 아
닐까 하고 잠시 그를 의심도 했기 때문이다.

그러면 다음에 찾아뵐 터이니 연락처라도 가르쳐 달라고 하자, 그
는 나의 뜻을 알아들었는지 펄쩍 뛰며 손짓으로 의사 표시를 했다.
자기는 당연히 할 일을 했을 뿐이며 어떤 보상을 바라고 한 일은 아
니니 전혀 부담을 갖지 말라며 홀연히 돌아서 가는 것이었다. 인파
속으로 멀어져 가는 그의 뒷모습을 바라보며 왠지 울컥 눈물이 솟았
다. "정말, 정말로 고맙습니다."라는 인사를 속으로 수없이 되뇌었다.

집으로 돌아오면서 비록 그 사람의 귀에는 들리지 않았을 내 감사
의 말이 분명 그에게도 가슴으로 전달되었으리라 믿고 싶었다. 사람
의 진심은 꼭 말로 표시하지 않아도 가슴으로 알고 느낄 수도 있지
않을까. 짧은 만남이었고 말로 이야기는 나누지 않았어도 그가 무엇
을 말하려고 하는지, 내가 얼마나 고마워하는지 서로 느낄 수 있었다
는 생각이 들었다. 오히려 그가 말을 하는 사람이었고 또 자기가 한

일에 공치사를 늘어놓았더라면, 나는 그 일을 이렇게 감동으로 오래 기억하지는 못했을 것이다.

다시 만나기는 어려울 그 사람에게 보답하는 길은 무엇일까 곰곰이 생각해 본다. 그것은 나도 누군가를 위해 친절을 베풀고, 또 내가 받은 것처럼 남에게 기쁨을 주는 일이지 않을까 생각한다. 그렇게 생각하니 그의 친절에 물질로밖에는 보답할 줄 몰랐던 내 계산적인 행동이 두고두고 나를 부끄럽게 만든다.

1994. 5.

불씨

요즘 들어 자주 겪는 건망증 때문에 무엇을 찾느라고 집안을 뒤지다가 엉뚱한 장소에서 생소한 꾸러미를 찾게 되었다. 비닐봉지로 묶은 다음 여러 겹의 봉지로 포장을 했는데 도무지 짐작이 가지 않았다. 문갑 깊숙이 보관한 것을 보니 중요한 물건인 것 같아 가슴을 설레며 뜯어보다가 그만 실소를 하고 말았다.

거기에는 조그만 성냥갑들이 잔뜩 들어 있었다. 내가 그것들을 모으기 시작한 것이 언제부터였을까. 잘 생각은 나지 않지만 오래전, 분위기가 좋은 찻집이나 음식점에 가면 그 집을 다시 찾고 싶어서 성냥갑을 하나 둘 가져오다 보니 자연스럽게 숫자가 늘고 많이 모아졌다.

그때는 내가 열심히 그것을 모으니까 담배도 안 피우는 남편이 가끔씩 예쁜 성냥들을 가져다주기도 했다. 그것들을 꺼내어 유심히 살

퍼보니 추억 속의 장소도 있고 더러는 아주 낯선 곳의 것도 있었다. 어느 여행지에서 묻어 온 것인지 생소한 지명이 적혀 있는 것도 있고, 아주 오래전에 만든 것인지 모양이 변하고 퇴색한 것도 있었다.

성냥갑을 모으던 시절에는 여행을 참 좋아했었다. 틈만 나면 지도와 관광 안내 책자를 뒤적이며 여행 계획을 세우고, 낯선 곳을 찾아 나서며 가슴을 설레곤 했다. 생소한 곳에서 접하는 자연의 풍광과 낯선 사람들과의 만남은 매일 부딪혀야 하는 메마른 일상에 신선한 활력소가 되어 주었다.

방안 가득 성냥갑 보따리를 풀어놓고 회상에 젖어 있다가 이제는 쓸모가 없어져 버린 이것들을 어떻게 해야 할지 난감해졌다. 아파트 생활이라는 것이 일반 주택처럼 지하실이나 다락방이 있어서 추억이 담긴 물건을 보관할 곳이 있는 것도 아니고, 그렇다고 추억이 담긴 물건들을 선뜻 버리기도 쉽지가 않았다. 그러다가 십여 년 전 이 아파트로 이사하기 위해 짐을 꾸리던 기억이 났다.

결혼해서 십수 년을 단독주택에서만 살다가 처음 아파트로 이사를 오려니 정리해야 할 짐들이 한두 가지가 아니었다. 그동안 살면서 손때 묻고 정이 든 물건들을 버리고 가야 하는 현실에 우울해 있던 중이었다. 다락방을 정리하려고 짐을 드러내보니 까마득히 잊고 있던 물건들이 쏟아져 나왔다.

그것은 팔각정 모양에다 황을 붙인 커다란 성냥갑들과 뜯지도 않은 양초 갑들이었다. 이십 년 전 우리가 처음 집을 지었을 때, 부모님과 친척 어른들이 선물로 사 가지고 온 것들이었다. 어른들은 대대로 불씨를 소중하게 여기셨다. 옛날에는 불씨가 귀하기도 했지만 그 집을 지켜주는 수호신처럼 생각하셨던 것 같다.

우리가 이사를 다닐 때에도 어른들은 불을 꺼뜨리지 않게 불기가 있는 연탄 화덕을 이삿짐 트럭에 싣고 다니게 하셨다. 그때만 해도 연탄이나 석유곤로를 사용하며 음식을 만들던 시절이어서 성냥은 요긴한 생필품이었다. 또한 전기 사정도 그리 좋지 않아서 갑자기 정전이 되면 촛불로 어둠을 밝히곤 했다. 그러나 그런 필요성보다는 새로 이사하는 곳에서 모든 것이 불처럼 번성하고 잘되라는 의미로 사다 주셨을 것이다.

십여 년 전에도 이삿짐을 꾸리다가 성냥과 초를 찾아내고는 한참 동안 난감해했다. 더구나 아파트 생활에서는 필요가 없어진 물건들을 가져갈 수도 버릴 수도 없었다. 오랜 궁리 끝에 시골에서는 아직 필요한 물건들일 것 같아서 부모님께 도로 가져다 드렸다. 그동안 어른들이 기원해주신 대로 식구도 늘고 돈도 모아 집을 늘려 가니 부모님도 오래 건강하시길 바라는 마음에서였다.

요즘은 홍보용 물건이나 집들이 선물도 시대에 따라 많이 변했나 보다. 얼마 전에 공부를 더하기 위해 먼 나라로 떠난 아들의 방을 치우다가 라이터가 수북이 담긴 바구니를 보았다. 그 아이도 내가 성냥갑을 모으던 것처럼 추억을 남기고 싶어서였지, 아니면 그저 단순한 호기심으로 모았는지는 모르겠다. 그러나 그런 하잘것없는 물건들을 모으며 함께 했던 친구와 그 시절의 정취나 고뇌까지도 기억의 망각 속으로 사라져 버릴 것을 아쉬워했는지도 모르겠다. 그래서 어떤 혼적이라도 붙잡고 싶어 하나 둘 남기다보니 어느새 쌓이게 되지 않았을까.

이제는 아무런 쓸모가 없어진 그것들을 보면서 나름대로의 의미를 새겨 본다. 점점 삭막해지고 메마른 나의 가슴에는 훈훈한 사랑의 불씨가 당겨져 따뜻한 사람이 되게 하고, 먼 곳에서 외로움과 공부와 씨름하고 있을 아이에게는 희망의 불씨가 되기를 간절히 빌어 본다.

1996. 5.

강이 있는 그림

우리 집 식탁에 앉으면 마주 보이는 곳에 그림 한 점이 걸려 있다. 집안 일을 끝내고 커피라도 마시면서 습관처럼 바라보는 그림은 언제나 친근한 고향을 대할 때처럼 잔잔한 기쁨을 안겨준다. 지금은 한강대교로 불리고 있지만, 전에는 제일한강교로 불리던 철재(鐵材) 다리와 시원한 강이 보이는 그림이다.

다리는 부채꼴의 난간을 떠받치며 가로질러 놓여 있고 밑에는 짙푸른 한강물이 도도하게 흐르고 있으며, 다리를 건너면 지금은 없어져버린 평평한 지반의 돌출 부분이 보인다. 강 건너로는 아파트촌을 뒤로 하고 남산이 커다란 숲을 이루면서 버티고 있고, 남산 타워가 하늘을 찌를 듯이 수직으로 서 있는 삼십 호쯤 되는 유화이다.

지금부터 십오륙년 전쯤, 결혼한 지 얼마 되지 않아 알뜰하게 살던 시절이었다. 느닷없이 퇴근길에 커다란 그림을 사 가지고 온 남편의 행동이 별로 달갑지가 않았다. 미술 공부를 하는 학생이 생활비가 쪼들린다며 그림을 들고 남편의 사무실로 찾아왔다고 한다. 그림에 별로 안목이 없는 남편이지만 그 학생의 사정이 측은하여, 그때 우리의 처지로는 꽤나 비싼 값을 치르고 사온 것이었다.

그때는 집에 커다란 그림을 걸어 놓을 만한 마땅한 공간도 없었고 그저 어디서나 흔하게 볼 수 있는 풍경이어서 그랬는지, 별로 호감이 가지 않았다. 그러나 처음 고향을 떠나올 때는 낯설고 삭막하던 서울이 지금은 오히려 고향처럼 푸근하게 느껴지는 것처럼, 지금은 이 그림이 어느 것보다도 정겹게 느껴진다.

그림을 바라보노라면 무엇이나 감싸 안으며 유유히 흐르는 강물이 어느 날은 울부짖듯 몸살을 앓고 있는 것처럼 보이기도 했다. 또 어느 날은 마치 안개가 낀 듯 선명하지 못한 남신의 무성한 나무들도 기분에 따라서는 공해에 찌들려 죽어가고 있는 듯이 보였다. 하나의 그림을 보면서도 그때마다 감정과 시각에 따라 그림은 살아서 춤을 추기도 했고 모든 것이 정지된 채 잠자는 것처럼 보이기도 했다. 나는 그림에 대하여 잘 알지 못한다. 그림을 보고 작가의 의도나 내면 세계를 파악할 수 없으나, 기쁘고 행복하기보다는 깊은 고뇌가 따르지 않고서는 좋은 작품이 나올 수 없으리라 짐작할 뿐이다.

몇 해 전에 강을 바라보며 며칠을 지새운 적이 있었다. 돌쟁이 딸과 새댁 티가 가시지도 않은 아내를 남겨 두고 시동생이 사고를 당했다는 비보를 듣고 강변에 달려왔을 때, 강은 지금까지 보아온 유순하고 낭만적인 모습이 아니었다. 전에 보아오던 강은 파도가 있는 바다와는 달리 언제나 잔잔한 평화로움의 상징 같았다.

하천이나 개울에서 흘러나오는 오물을 가라앉히고 고요하게 흘러가는 강물은 그 모든 걸 안으로만 삭이며 놀라운 친화력을 가지고 있다. 또한 결코 쉬거나 역류하지 않으며 우리에게 삶의 순리를 배우게 해준다고 생각했다. 노을을 받아 반짝이는 물결이 황홀하게 물드는 저녁 시간이나 꽃이 만발한 둔치에서 유람선이 떠 있는 모습을 보면, 서울 시민 모두가 천혜(天惠)를 누리고 있다고 생각했다.

그러나 시동생의 익사체를 찾기 위해 밤을 새워가며 가까이 다가가 본 강은 결코 평화롭거나 아름답지 않았다. 장마가 걷힌 후인지 물살은 거칠고 빨랐으며, 쓰레기투성이의 흙탕물은 멀리서 본 것처럼 푸르고 깨끗하지 않았다. 너구나 어둠에 휩싸여서 번쩍거리는 강의 모습은 마치 먹이를 삼키고 난 짐승의 음흉한 눈빛 같았다.

그 후 그림 속에서 교각 밑으로 짙은 음영을 나타낸 암청색의 강은 짐승의 눈빛 같기도 하고, 파스텔 톤으로 처리된 햇빛 쪽의 수면은 예전의 평화스런 강의 모습이었다.

살아오면서 그림이 번거롭게 여겨진 적도 있었고, 시류(時流)에 따라 그림을 광 속에 버려둔 적도 있었다. 지금은 멀리 외국에서 가져온 풍경화도 있고 꽤나 인정받는 유명한 화가의 그림도 몇 점 있다. 그러나 이 그림을 보고 있으면 'ki soo'라고 쓴 화가가 지금은 어디서 무엇을 하고 있을까 궁금해진다. 혹시 생활고에 시달려 그림을 포기하고 좌절된 꿈을 한탄하고 있는 것은 아닐까. 또는 이제는 재능을 인정받아 명성을 얻었지만 고통의 부피가 줄어든 만큼 예술혼이 식은 것은 아닐까.

　강이 보이는 그림은 처절한 죽음이 있었던 그날을 생각나게 하고 아물지 않은 상처처럼 아픔을 되새기게 하지만, 내가 살아온 날들이 아름답고 밝은 색채만이 아니듯이 많은 것을 생각하게 하고 깨우쳐 주기도 한다. 그리고 이제는 정이 많이 들어 오래된 친구처럼 편안한 기쁨과 위안을 주는 그림이 되었다.

1992. 12.

무를 뽑으며

짧아진 가을볕이 아쉬워 해가 기울기 전에 부지런히 무를 뽑는다. 그리고 시어머님과 밭고랑에 걸터앉아 이런저런 이야기를 나누며 총각무와 순무를 다듬는다. 밭에서 갓 뽑아낸 무를 다듬다가 맛있어 보이는 것은 껍질을 벗겨 어머니께 잘라 드리기도 하고, 한입 베어 물면 달콤하면서도 매콤한 것이 무 맛이 싱싱한 과일처럼 맛있다.

특히 시댁인 김포 지방의 특산물인 순무는 매운맛이 덜하고 단맛이 많아서 그냥 먹기에도 좋은 편이다. 언뜻 보기에는 배추꼬랑지같이 생겼는데 모양은 역삼각형이며 잎은 김치할 때 쓰이는 갓 비슷하게 생겼다. 남편은 어릴 때부터 순무 김치를 먹어서인지 어느 김치보다도 이것을 좋아한다. 보통 김장을 하기 전 입동쯤에 총각김치처럼 담그는데 양념도 특별히 하는 것은 없고, 대신 소금에 잠깐 절여야

순무 맛이 그대로 남아 있다.

어머니는 분가한 자식들에게 주기 위해서 칠순이 넘은 연세에도 많지는 않지만 고루고루 밭농사를 지으신다. 그것도 집에서 2킬로 넘게 떨어진 옛 동네를 버스를 타거나 아버님이 운전하는 작은 오토바이를 타고 밭에 다니신다. 내가 결혼을 하여 처음 이곳에 왔던 이십 년 전에는 아주 전형적인 농촌 마을이었다. 도시에서 태어나 자란 나에게 시댁은 그저 모든 게 어렵고 힘들기만 했다. 아궁이에 불을 지펴 밥하는 것도 그렇고 우물에서 두레박질을 하여 설거지하는 일 등은 아무리 배우려고 노력을 해도 잘되지 않았다. 그 당시 공무원이셨던 아버님은 농사일에는 관여하지 않고 그 많은 일을 어머니 혼자 감당하셨다. 물론 일꾼을 사거나 머슴이 있었지만 밭농사는 거의 어머니 몫이었다.

옛날 시골 어른들이 거의 그렇게 사셨지만 특히 어머니는 동네에서도 치마폭에 바람 소리가 날 정도로 부지런하시다고 소문이 난 분이었다. 아들 둘을 결혼시켜 며느리를 보았지만 둘 다 도시에서 분가했기에 어머니의 일은 줄어들기는커녕 더 많아졌다. 따로 살기는 해도 나는 도시에서 편하게 살고 늙으신 어머님은 고생하시는 것 같아 늘 마음이 불편했다. 그래도 농번기라든가 바쁜 일에는 자주 나를 부르셨는데 큰동서는 몸도 약하고 직장을 다니기 때문이었다. 그런데 나는 가뜩이나 익숙지 않은 시골 일과 덩치만 컸지 야물지 못한 일솜씨 때문에 늘 일만 저지른다고 꾸중을 들었다.

항상 어머니가 하시는 일 분량에 비하면 반의반도 안 되었다. 모내

기철이나 추수철이면, 새참이나 점심을 해서 머리에 이고 들고 논으로 나가는데 생전 처음 해보는 임질을 못하겠다고 하지도 못하고 휘청휘청 앞만 보고 걷다가 보면 등허리에 홍건히 땀이 고이기 일쑤였다.

시댁에 가면 어머니는 늘 밭에 계셨는데, 해가 질 무렵까지 일을 할 만큼 일 욕심이 많으셨다. 논농사 말고도 인삼 농사를 오래 하셨는데 그 일꾼들 식사 뒷바라지는 정말 힘들었다. 철이 없던 젊은 시절에는 둘째인 나만 불러 일을 시키고 칭찬은커녕 늘 나무라기만 하는 어머니가 어렵고 무섭기만 했다. 지금 생각해 보면 꼭 일을 시키기 위해서라기보다는 동네 사람이나 친척들에게 며느리가 와서 일을 돕는다는 것을 보이고 싶으셨던 것 같다. 그만큼 어머니는 자존심도 강하고 사리가 분명한 분이시라는 것을 이십 년이 지난 이제야 이해하게 되었다.

다행히 셋째 시동생이 농사일을 하며 시골에서 살겠다고 하여 부모님이나 우리도 편안한 마음으로 몇 년을 보냈다. 그런데 시골에서 평생 살겠다며 결혼한 셋째 동서가 얼마 지나지 않아 분가를 원했을 때 아무도 말릴 수가 없었다. 그때는 어머니도 많이 늙으셨고 도저히 농사일을 감당할 수가 없을 것 같아 가족 회의 끝에 집은 읍내 가까운 곳에 새로 지어 옮기고 농사는 전부 남에게 맡기기로 했다. 끝까지 반대하던 어머니는 모든 것을 잃은 것처럼 비탄과 한숨에 젖어 우울한 나날을 보내셨다. 하기는 농촌에서 태어나 가난한 공무원이었던 아버님에게 시집와서 갖은 고생과 보람 끝에 일군 전답과, 정든 동네를 떠나 도시에서 생활한다는 것은 어머니에게는 삶의 의욕마저도 잃게 하는 일인지도 몰랐다.

우리가 가끔 뵈러 가서 "어머니, 그래도 힘든 일 안 하니까 편하고 좋으시죠?" 하고 물으면 "이게 어디 맥 놓고 사는 것이나 다름없지."라며 허탈해하셨다. 그러더니 그 이듬해부터는 남에게 맡겼던 텃밭을 도로 찾아 밭농사를 다시 시작하시고는 때맞추어 고추, 마늘, 호박이나 양념들을 보내주시니 따로 장만할 걱정도 하지 않아도 되었다.

사람이 나이를 먹어야 철이 드는지, 젊었을 땐 아이를 업고 버스를 갈아타며 시골에 가면 어머니가 꾸려주던 보따리들이 하나도 반갑지가 않았었다. 식구도 적고 잘 먹지도 않는 푸성귀를 뭐 하러 힘들게 싸주시나 하고 마지못해 들고 오곤 했다. 이제는 아프신 무릎을 주무르면서도 밭일을 하시는 어머니의 마음을 조금은 알 것 같다. 이렇게 어머니하고 단둘이 마주 앉아 오랫동안 이야기를 한 것이 얼마 만인가.

이제 손바닥만한 해가 막 넘어가고 있다. 가을걷이가 끝난 들판은 황량하고 쓸쓸하기까지 하다. 곧 서리가 내리고 입동이 지나면 계절은 겨울로 들어설 것이다. 다듬은 채소들을 자루에 담기 위해 돌아서서 일하시는 어머니의 뒷모습이 역광 속에 하나의 실루엣으로 비쳐진다. 워낙 작은 체구의 어머니지만 오늘은 유난히 작고 좁은 어깨가 왈칵 달려가 감싸 안고 싶을 만큼 가슴에 와 닿는다.

근래 몇 년 사이에 자식을 둘이나 앞세우고 막내 시동생마저 와병 중인 요즘, 어머니를 버틸 수 있게 하는 힘, 그것은 바로 일이 아닐까 생각해 본다.

1996. 10.

내 몸을 들여다보며

모니터에 보이는 장면은 마치 커다란 동굴에 무언가 빨려 들어가는 느낌이었다. 꾸불꾸불한 동굴 안에는 물과 거품이 보이기도 하고 조그만 돌들도 보이는 것 같았다. 검사를 하느라 복부의 팽만감과 통증 때문에 눈을 질끈 감고 있는 나에게, 검사 요원은 모니터를 쳐다보라고 했다. 그의 말을 따라 가까스로 눈을 들어 보니 내시경을 통하여 들어가는 내 대장의 모습이 마치 동굴 탐사를 하고 있는 것 같다.

얼마 전에 우연히 대상포진이라는 병을 앓았다. 그것은 대개 면역력이 결핍되어 온다는데 굉장한 통증을 동반하는 바이러스성 질병이었다. 진통제도 잘 듣지 않을 만큼 심한 통증이 계속되다가 며칠 후에야 발진이 생기는데, 발진이 생기기 전까지는 무슨 병인지도 얼른 알 수 없었다. 그 병의 치료가 거의 끝나갈 무렵, 의사 선생님은 체내에 면역력이 떨어진 다른 이유가 있을지도 모르니 몇 가지 건강 검진을 해보자고 하셨다. 특히 몸 안에 암세포가 자라고 있을 경우 대상 포진이 잘 생긴다고 겁을 주었다.

그래서 몇 차례에 걸쳐 여러 가지 검사를 받고 오늘은 대장 내시경을 하게 된 것이다. 그 검사를 받기 위해서는 절차가 보통 번거로운 것이 아니다. 전날부터 음식을 조절해야 하고 물고문을 받는 것처럼 뿌연 소금물을 4리터나 먹으며 대장을 깨끗이 비워야 비로소 검사를 받을 수 있다. 그런 다음 검사실에서 대장에 가스를 잔뜩 집어넣어 부풀린 다음 내시경을 통하여 장 내부를 탐사하듯이 들여다보는 것이다.

하고 싶어서 받는 이는 없겠지만 건강 검진을 받는 며칠 동안은 몸과 마음이 모두 힘들었다. 끈적이는 하얀 약을 먹고 위압적인 기계 앞에서 몸을 공깃돌 굴리듯이 하며 방사선을 찍는 일이나, 몸 안에 내시경을 집어넣고 휘젓는 일들은 정말 피하고 싶은 고역이었다. 그저 눈을 질끈 감고 어서 끝나기만을 기다리는 것이 상례였는데, 이번에는 특별히 눈을 크게 뜨고 모든 과정을 찬찬히 지켜보았다. 대장뿐아니라 위와 폐, 그리고 내 몸의 일부인 장기들을 모니터를 통하여 상세히 볼 수 있었기 때문이다.

그것들은 내 몸의 일부분이긴 하지만 겉모습과는 달리 아주 낯설었다. 거울을 통하여 눈에 익은 얼굴이나 신체의 모습에 비하면 '과연 저것이 무엇일까'라고 의문이 생길 만큼 생소하고 무지했다. 학창 시절에 생물도감을 보고 몸 속의 장기들을 공부하긴 했지만, 그때는 그저 무심히 넘겼는데 며칠 전 친구와 우연히 '신비한 인체 한국 특별전'을 보게 되었다.

그곳에는 수많은 사람들이 기증한 인체들을 특수 약품 처리를 하여 우리 육안으로 직접 보고 만질 수 있도록 전시를 해 놓았다. 신이 내린 가장 위대한 창조물은 바로 우리 몸이라고 한다. 인체 안에는 우주의 진리와 함께 인간 생로병사의 비밀이 가득 숨어 있다. 그래서 우리의 몸은 가깝고도 먼 미지의 세계였으며, 지금까지 일부 의학계 종사자들을 제외하고는 신비로운 몸 속 세상을 직접 체험할 수 없었다. 그러나 전시회에서는 이제껏 보지 못했던 우리 인체의 비밀들을 낱낱이 파헤쳐서 직접 보고 느끼게 해주었다.

그곳에는 160여 점이나 되는 장기들을 보여주기도 하고, 직업이나 특징에 따라 발달된 근육이나 혈관 등을 자세하게 보여주는 16구의 전신 인체도 있었다. 그것들은 우리가 막연히 알고 있던 인체의 지식을 적나라하게 보여주고 있어 아주 충격적이었다. 산호초처럼 생긴 기관지와 폐정맥도 있고, 정자와 난자가 만나 수정이 된 후 올챙이 모양이 되었다가 5~8주가 되면 태아의 모양이 급속도로 변하는 과정도 있었다.

더구나 흡연이나 나쁜 생활 습관 때문에 망가지는 폐와 장기의 모습들도 그대로 공개되어 있어 보는 사람에게 섬뜩한 느낌을 주기도 했다. 그곳에서는 내가 미처 모르고 있던 전문적인 지식들도 알게 했는데, 인체의 혈관은 모두 일천 억 개가 넘으며 만약 일직선으로 연결하면 10만 킬로가 넘는다고 했다. 그것은 지구를 두 바퀴 반이나 돌 수 있는 길이라니 얼마나 놀라운 사실인가. 또 머리카락은 평생 동안 약 563 킬로 자라고, 우리는 대략 하루에 2,340번의 숨을 쉬고 750번의 근육을 움직인다고 한다.

사람들은 대부분 겉모습에만 지대한 관심을 갖고 성형을 하거나 예뻐지려고 노력을 하지, 정작 자기 내부의 모습에는 관심도 없고 무지한 것 같다. 어쩌면 우리는 너무 눈에 보이는 것에만 가치를 두고 살아온 것이 아닐까. 그러나 건강하게 살기 위해서는 가끔 자기 몸의 내부도 들여다보며 놀라운 경험을 통해 건강의 소중함을 깨달아야 할 것이다. 또한 소박하고 깨끗한 마음자리를 지니기 위해서 부단히 노력해야 건강한 신체 안에 건강한 정신이 깃들 수 있을 것이다.

검사를 마치고 나니 대장 안에서 조그만 용종을 떼어내 조직 검사를 의뢰했다고 한다. 조금 걱정이 되긴 했지만 미리미리 점검을 해서 대처한다면 별 탈이 없을 것이라고 마음을 다스려본다. 검사를 하는 동안 너무 마음을 졸이고 긴장했던 탓인가, 병원 문을 나서는데 어찔하니 현기증이 나며 발길이 휘청거렸다.

2006. 3.

상식(常識)이 있는 사람

12월도 얼마 남지 않은, 세모(歲暮)를 눈앞에 둔 즈음이었다. 이맘때가 되면 늘 가슴이 허전하고 무언가 잃어버린 것처럼 허둥대며 마음의 갈피를 잡지 못하게 된다. 속절없이 또 한 해가 가고 손가락 사이로 빠져나가는 모래알처럼, 빠르게 흘러가는 세월의 휘둘림에 멍청해지기 때문이다.

마침 우울한 내 기분을 아는 것처럼 서울에 있는 친구가 내가 사는 동네로 찾아왔다. 그 친구도 나와 비슷한 심정이었는지 우리는 오랫동안 이야기를 나누었다. 한 10여 년 전쯤의 일들을 이야기하였는데, 어느덧 그 시절은 까마득히 흘러간 추억 속의 일처럼 느껴졌다. 그렇게 세상은 빠르게 변하고 미처 변화에 익숙지 못한 우리 세대는 이제 인생의 주역에서 멀리 밀려난 느낌이었다.

친구와 헤어진 지 5분이나 지났을까. 그녀에게서 전화가 걸려왔다.

차를 돌리려다 다른 차와 접촉 사고가 생겼다는 것이다. 나는 가던 길을 되돌려 사고 현장에 가보니, 친구가 후진하던 차에 어떤 중년 여인의 차가 부딪힌 모양이었다. 그 친구는 운전 경력 20년이 넘는 아주 베테랑 드라이버였는데 어쩌다가 이런 실수를 했는지 의아스러웠다.

다행히 사소한 접촉 사고여서 친구의 차는 아무런 흔적도 없었고 상대방의 차 앞부분이 조금 찌그러져 있었다. 으레 접촉 사고가 나면 서로의 잘못을 따지고 시시비비를 가리는 것이 상례이지만, 번거로운 걸 싫어하는 친구는 모든 책임을 자기가 떠안고 상대방에게 정중히 사과를 했다. 더구나 바로 앞에 내가 단골로 다니던 정비업소가 있어 상대의 차를 원상복구해 주기로 약속을 하고 우리는 불행 중 다행이라며 허탈한 발길을 돌렸다.

그런데 얼마쯤이나 흘렀을까. 정비업소에서 전화가 왔다. 사고가 난 여인이 찾아와서 하는 말이 "몸이 여기저기 아프니 그냥은 합의를 못 해 주겠다."고 했다는 것이다. 그때는 분명히 아무 말도 없었고 차를 고쳐주겠다고 했을 때도 쾌히 승낙했는데, 이제 와서 몸이 아프다니 너무 어이가 없었다. 더구나 속력을 낸 것도 아니고 서서히 후진을 하다가 유턴하던 차를 보지 못해서 부딪힌 일이라서 차체에 약간 흠이 난 것뿐이었다.

더구나 그곳은 유턴할 수 없는 장소인데도 불구하고 상대방이 무리하게 차를 돌리다가 난 사고이니 시시비비를 따져서 대처하라고 오히려 우리에게 충고해 주었다. 운전을 하다보면 내가 실수를 해서

상식이 있는 사람 ……

남에게 피해를 입힐 수도 있고, 또한 남이 잘못해서 나에게 피해를 줄 수도 있다. 그러나 큰 사고가 아니고 미미한 접촉 사고일 때는 정말 불행 중 다행이라고 생각하고 상식선에서 처리하게 마련이다. 그나마 먼저 이쪽에서 잘못을 시인하고 정중히 사과했으면 다행이 아닌가. 그러나 상대방은 친구가 선선히 차를 고쳐주겠다고 하자 욕심이 생겼는지 모르겠다. 아니면 놀란 가슴에 여기저기 아프게 느껴졌을지도 모르겠다. 하지만 누가 들어도 터무니없이 상대방을 골탕 먹이려는 의도로밖에는 생각할 수가 없었다. 어쩌면 이럴 수가 있을까 싶어 친구보다 오히려 내가 더 속이 상했다.

날이 밝으면 그 여인을 찾아가서 따져보리라 생각하며 잠을 설치고 있자니, 올 봄에 있었던 또 따른 사고가 생각났다. 운전이 미숙한 딸아이가 차를 가지고 나갔는데 얼마 후 울먹이는 목소리로 전화가 걸려왔다. 공간이 좁은 지하 주차장에 들어갔다가 남의 차를 들이받았다는 것이었다. 그렇지 않아도 불안한 마음이었는데, 사고 소식에 가슴이 덜컥 내려앉는 것 같았다. 부리나케 현장에 달려가 보니 주차를 하다가 하얀색 새 차의 옆구리를 받아버린 것이었다.

드디어 조금 후에 차의 주인이 내려왔는데, 의외로 나의 미안해하는 모습에 "운전이 미숙하면 그럴 수도 있지 않느냐"며 부드러운 표정으로 말하는 것이었다. 그 말에 죄인처럼 주눅이 들어 있던 딸아이와 나는 밝은 얼굴로 정중히 사과를 하고 차를 고치기 위해 정비업소에 가자고 하였다. 그는 바쁜 일이 있어 당장은 갈 수 없으니 며칠 후에 고치겠다고 했다. 그러면 어떻게 해야 할까 망설이다가 나는 수리비의 예상액을 현금으로 주면서, 수리비가 초과될 때는 연락을 해 달라고 말하고 우리는 집으로 왔다.

한동안 그에게서 연락이 없어 우리는 차츰 그 사고를 잊어버릴 즈음이었다. 어느 날 전화가 왔는데 얼마 전 접촉 사고를 당한 사람이라는 것이다. 자기가 그동안 바빠서 차를 고치지 못하고 있다가 수리했는데, 받은 돈에서 오만 원이 남으니 돌려주겠다는 것이었다. 나는 전화를 받으며 당연히 수리비가 모자라니 더 달라는 말을 예상하고 있다가 너무나 뜻밖의 이야기에 어안이 벙벙해졌다.

금액이 적고 많음이 문제가 아니라, 번거로움을 마다 않고 굳이 연락을 하여 남은 돈을 돌려주겠다는 젊은이의 행동이 너무 가상해서였다. 그동안 찌그러진 차를 타고 다니며 마음고생도 했을 것이고 새로 뽑은 차를 망가뜨려서 미안하니 위로금으로 생각하고 안 돌려주어도 된다고 몇 번이나 사양했지만, 기어이 그는 돈을 보내오고 말았다.

나는 그때 너무 감동을 받아 만나는 사람에게마다 이렇게 정직한 사람들이 있으니 우리 사회가 건강한 것이고 우리의 미래가 밝을 것이라고 허풍을 떨기도 했다. 그러나 생각해보면 그 사람의 행동은 지극히 당연하고 상식적인 것이었다. 상식(常識)이란 무엇인가. 사전적인 풀이에는 보통 사람이 가지고 있거나 가져야 할 일반적인 지식이나 교양이라고 쓰여 있다.

그런데 주위에 상식을 모르는 사람이 하도 많다 보니, 상식적인 보통 사람이 돋보이고 희귀하게 생각되나 보다. 사람과 사람 사이에 모든 문제를 지극히 상식적으로 생각하고 판단한다면 우리 사회에 갈등은 없어질 것이다. 그러나 아직도 많은 사람들이 보통 사람이 갖추어야 할 상식마저 저버리기 때문에 갈등과 반목 속에 살고 있는지도 모르겠다.

2002. 10.

자동 응답 전화기

아침부터 쏟아지는 비 때문에 외출할 일을 뒤로 미루고 집에서 보내던 하루였다. 밀렸던 일을 대충 끝내고 나서 모처럼 한가해진 시간에 친구들과 이야기라도 나누고 싶어 여기저기 다이얼을 돌려본다. 몇 군데나 부재중의 신호음만 울리더니 드디어 한 곳에서 전화를 받는다. 그러나 반갑고 낯익은 음성 대신에 "지금은 외출 중이오니 신호음이 울리면 용건을 말씀해 주십시오."라고 녹음이 된 사무적인 음성이 들려온다. 전혀 예기치 않은 목소리에 당황하여 "저어, 아니…" 하고 더듬거리다가 황망히 수화기를 놓아 버렸다.

그러고 나니 슬그머니 화가 난다. 비 오는 날 갑자기 옛날 생각이 나고 친구가 보고 싶어 안부라도 물으려 했던 감정을 어떻게 용건만 간단히 상대방이 없는 전화기에다 대고 쏟아 놓으라는 것인가. 아직은 자동 응답 전화기에 익숙지 못한 탓이겠지만 급한 사람에게는 요

긴하고 유용하게 쓰일 기구가 맨살에 차가운 금속성 물질이 닿을 때
처럼 섬뜩하게 느껴지는 것은 새로운 것에 빨리 적응하지 못하는 나
의 성격 때문일 것이다.

처음 인터폰이 선보이기 시작하던 십여 년 전쯤 단독주택에 살고
있을 때였다. 하루에도 수십 번씩 아이들이 들락거리던 시절, 매번
뛰어나와 대문을 여닫는 일이 보통 번거로운 것이 아니었다. 그다지
달가워하지 않는 남편을 설득하여 대문에 인터폰을 설치하고 보니
얼마나 편하고 좋은지 몰랐다. 일일이 누구냐고 소리치며 물을 일도
없고 집안에서 스위치 하나만 누르면 철커덕 하고 대문이 열리는 것
이 마치 동화 속에 나오는 요술의 문과도 같았다.

함께 좋아해 줄 것으로 알았던 남편이 어느 날 화가 잔뜩 나서 말
하는 것이었다. 자기가 퇴근해서 돌아올 때만은 절대로 인터폰을 사
용하지 말고 직접 나와서 대문을 열어 달라는 것이었다. 이렇게 편리
하고 유용한 물건을 쓰지 말라니, 엉뚱하게 무슨 까다로운 주문이냐
고 물었다. 그는 피곤해진 몸으로 집에 왔는데 아내가 반겨 웃으며
열어주는 대신, 철커덕 하는 기계음 소리에 알 수 없는 배반감과 함
께 화가 나더라는 것이었다. 그때는 남편이 속 좁게도 투정을 부린다
싶었는데, 어제 전화기에 녹음된 사무적인 목소리를 듣고 나니 그 당
시 남편의 기분을 조금은 이해할 수 있을 것 같았다.

기계 문명의 발달로 머지않아 안방 컴퓨터 시대가 온다고 한다. 가
만히 앉아서도 밖의 볼일을 대신할 수 있고 모든 가사(家事)까지도 스
위치만 누르면 기계가 대신해주는 편한 세상이 올지도 모른다. 그때

나 같은 주부는 무엇을 해야 할까. 사람은 자꾸 편해지기 위해서 많은 것을 만들어내고 그것에 자기도 모르게 길들여진다. 편한 것에 맛들이다보면 마치 마약과도 같이 좀처럼 헤어나기가 어렵다. 끝내는 기계의 의존 없이는 살 수 없는 중독자가 되어 점점 인간성까지 삭막해지는 것은 아닐까 하는 생각은 나의 지나친 기우(杞憂)일까.

나는 요즘 단독주택보다는 살기 편하게 지어진 아파트로 이사 와서 살고 있다. 아침저녁으로 연탄불을 갈던 예전보다는 훨씬 편해진 생활인데도 주부의 일손을 덜어주는 많은 기계들에 유혹을 느끼고 있다. 하루가 다르게 새 모델을 내놓고 있는 가전제품들을 보면 과연 다음 세대의 주부들은 자기의 할 일을 기계에 빼앗기게 되어 모두 실직자가 될지도 모르겠다는 엉뚱한 상상마저 든다.

비를 흠뻑 맞고 한층 더 푸르러진 창밖의 나무늘이 싱싱하게 뻗어 오르고 있다. 온갖 공해와 소음에 시달리면서도 척박한 땅에 굳건하게 뿌리를 내려 의연하게 서 있는 가로수를 보며 생각한다. 편하고 안이함을 탐하는 나 같은 사람보다는 힘들고 고단한 환경 속에서도 묵묵히 자기 일을 해내는 수많은 사람들이 있음으로 해서 이 세상은 건강하고 따뜻한 사회가 되는 것인지도 모른다는 것을.

이미 편리하게 만들어진 기계를 외면할 용기는 없지만 사람들의 심성마저도 편리한 기계처럼 스위치 하나로 작동할 수 있는 시대가 오는 것은 아닐까 하는 쓸데없는 걱정이 앞선다.

1992. 6.

호칭에 대하여

약속 시간에 늦을까봐 초조한 마음으로 버스에 올랐다. 예상했던 것처럼 좌석버스 안은 만원이라 빈자리가 없었다. 비가 와서 우산과 핸드백에 오늘 전해줄 물건까지 들고 서 있으려니 이리저리 중심을 못 잡고 차가 쏠리는 대로 몸이 기우뚱거린다. 이런 상태로 한 시간 이상을 버텨야 된다고 생각하니 난감하기만 했다. 더구나 날씨 탓인지 길이 막혀 버스가 거북이걸음을 하고 있으니, 힘은 들고 짜증까지 났다.

수도권에 있는 우리 집에서 서울 도심으로 들어가려면 좌석버스가 가장 편한 교통수단인데, 사람이 많다 보니 가끔 서서 갈 때가 있다. 적어도 한 시간 이상은 걸리니 급한 일이 아니면 다음 차를 타거나, 갈아타더라도 전철을 이용한다. 그러나 오늘은 시간도 빠듯했고, 비도 내려서 그냥 버스를 탔다.

사람에 밀려 버스 중간쯤에 있는 출구 쪽으로 오니 60대로 보이는 초로(初老)의 신사가 신문지를 깔고 출입구 계단에 걸터앉아 있었다. 가끔은 다리가 아픈 할머니들이 궁여지책으로 그곳에 앉아 계신 것은 보았지만, 남자 분이 오죽 하면 체면도 버리고 그곳에 앉았을까 싶었다. 그러나 체면만 무시한다면 나도 들고 있는 짐 보따리를 팽개치고 그곳에 앉고 싶었다.

그런데 앞에서 버스기사가 무어라고 하는데 사람이 많아서인지 잘 들리지 않았다. 나중에는 큰 소리를 지르는데, 그제야 그곳에 앉아 있으면 뒷문이 열리지 않으니 일어나라는 뜻이었다. 그러나 그 어른은 그 소리가 들리지 않는지 그냥 모른 체하고 앉아 있는 것이었다. 드디어 화가 난 기사가 볼멘소리로 호통을 치자, 옆에 있던 청년이 얼른 그 남자를 부축하여 일으키며 "어르신! 이곳에 앉아 계시면 문을 열 수 없다니까 이쪽으로 올라오시지요."라며 공손히 자기의 자리를 양보하는 것이었다.

버스 안에 있던 사람들은 그 노신사가 젊은 기사에게 봉변이라도 당하면 어쩌나 하는 심정으로 조마조마하게 보고 있다가, 그 청년의 예의 바르고 아름다운 모습에 그만 안도의 한숨을 쉬었다. 나도 그 청년을 찬찬히 뜯어보니 학생인 듯 앳된 모습에 용모도 수려한 것이 누구네 집 자식인지는 몰라도 참말로 잘 키웠다는 생각이 들었다. 더구나 '어르신'이라는 호칭은 요즘 사람들은 잘 쓰지 않는 말이기에 더욱 그런 생각이 들었는지 모른다.

기껏 젊은 사람에게 기대할 수 있는 말이라야 "할아버지! 여기 앉으세요"라든가 "아저씨! 문이 안 열리니 올라오시래요." 정도일 것이다. 공손하고 예의가 몸에 밴 사람이라면 당연히 어르신이라는 호칭이 자연스럽게 나올 테지만 요즘 젊은 사람에게는 듣기 어려운 호칭이기 때문이다.

나도 한동안 경로 대학에서 수필 강의를 한 적이 있었다. 물론 말솜씨 없는 사람이 두 시간 동안 강의하는 것도 어려웠지만, 처음에는 그분들에게 호칭을 어떻게 해야 할지 걱정이었다. 물론 '어르신'이라는 호칭이 있긴 하지만 좀더 친근감을 느낄 수 있는 말은 없을까 고민도 했다. 어느 때는 모두 부모 같은 연배의 분들이라 '어머님, 아버님'이라고 부르기도 했지만 정작 어법(語法)에 맞는 말인지는 확실치가 않았다.

내가 아는 어느 분은 친구의 부인이나 안면이 있는 동네 부인들에게 '아주머니'라고 부르는 사람이 있었다. 처음에는 약간 기분도 나쁘고 듣기가 거북하여 무슨 그런 호칭을 쓰느냐고 핀잔을 주었더니, 그분은 '아주머니'라는 호칭이 얼마나 예의 바르고 정감 있는 호칭인데 그러느냐고 친척간의 호칭까지 들먹이며 변명 아닌 변명을 했다.

어떻게 생각하면 요즘 직업은 여하간에 아무한테나 부르는 호칭이 사장님이나 사모님이고, 어지간하면 아무개 여사라든가 선생님이다. 이런 '호칭 인플레이션' 시대에 살다보니 '아주머니'라는 순수한 우리말 호칭도 어느 때는 상대방을 낮춰 부르는 것처럼 들릴 때가 있다.

더구나 요즘 사회에서는 '아줌마'라는 호칭이 슬프게도 여성을 비하하는 의미로 쓰이게 되고 미디어를 통해 부정적인 이미지로 평가 절하 되다 보니 나같이 평범한 주부들도 아줌마라는 호칭을 기피하게 되었다. 그러나 '아줌마' 하고 '아주머니' 하고는 부르는 어감부터 다르다. 예전부터 아주머니는 집안의 형수뻘이나 손윗사람에게 부르던 호칭이었다.

어찌 보면 호칭도 시대적 조류나 유행에 민감한 것 같다. 부부의 호칭도 '여보'나 '당신'에서 언젠가는 '아빠'라든가 '자기'라는 애매모호한 호칭으로 불리기도 했다. 그런데 "요즘 아이들은 모두 근친상간(近親相姦)을 하고 사는 것 아니냐."라는 어느 어른의 불호령처럼 '오빠'라는 뜬금없는 호칭이 자연스럽게 대중화되었다.

그렇다고 요즘 젊은이들에게 도덕군자처럼 설득력도 없는 호칭에 대하여 시비를 가리자는 것은 아니다. 그러나 오늘처럼 예의 바르고 반듯한 청년을 보면 나도 모르게 기분이 좋아진다. 그리고 누군지는 몰라도 그 부모 되는 분들께 저절로 머리가 숙여진다. 정작 내 아이들은 저런 경우에 어떻게 할까라고 생각하면 자신이 없기 때문이다.

내가 남을 존중해주고 인격적으로 대해줄 때, 상대방도 나를 존중해주고 인정해준다는 것을 가끔 잊어버리기 때문에, 사람들은 아무렇지도 않게 막말을 하고 상대방을 비하하는 발언도 서슴지 않는다. 또한 말로 서로에게 상처를 입히고 상처를 받기도 한다.

오늘도 만일 청년이 용기 있게 나서지 않았더라면 그 초로의 신사는 상식이 없는 노인네로 몰려 곤욕을 치렀을 것이다. 그래서 차는 밀려서 짜증이 나고 비 때문에 후텁지근한 차 안의 분위기를 더욱 가라앉게 했을 것이다. 그러나 청년의 반듯하고 예의 바른 행동으로 인하여 노인이 젊은 사람에게 공경 받는 아름다운 모습을 본 것이다.

더불어 상쾌해진 기분 때문에 이런저런 생각을 하다 보니 어느새 버스가 목적지까지 와버렸다. 물론 이런 감동은 나뿐만 아니라 같은 버스에 탔던 모든 사람이 비슷하게 느꼈을 것이다. 그의 예의 바른 말과 작은 친절이 여러 사람들의 오늘 하루를 즐겁게 해줄 것이다.

2004. 7.

2

호숫가의 아침

꿈결인 듯 낯선 소리에 눈이 떠졌다. 어느새 동이 텄는지 집안은 훤하게 밝았다. 화들짝 놀라 옆자리를 보니, 새벽잠이 없는 남편은 벌써 산책이라도 나간 모양이다. 눈을 비비며 커튼을 젖히고 나니 건너편의 숲과 호수가 기지개를 켜며 알몸을 드러내고 있었다. 그제야 비몽사몽 중에 들리던 화음이, 높고 낮게 어우러진 산새들의 울음소리였음을 깨우친다.

아직 주인댁에 기척이 없는 걸 보니, 활동하기엔 이른 시간인 듯싶어 살그머니 현관문을 밀치고 밖으로 나왔다. 이제 완연한 여름이라지만 상큼한 새벽 공기 때문인지, 드러낸 팔에 선뜻함이 느껴진다. 나는 아무도 몰래 집을 빠져나와 아주 천천히 호숫가를 걸었다. 싱싱한 초록의 숲은 잔뜩 물기를 머금고 있었고, 가뭄으로 수위가 낮아진 호수는 모랫바닥을 드러내며 애타게 갈증을 호소하고 있었다.

아마 곧 다가올 장마철을 대비해서 미리 물이라도 빼어 놓은 모양이었다. 이제 장마가 지면 계곡마다 넘치는 물은 성난 노도같이 호수로 밀려들어 호수를 흙탕물로 출렁이게 만들 것이다. 그러면 평화롭게 유영(遊泳)을 하는 저 오리 떼들은 어디로 피난을 갈까 걱정이 된다. 비를 애타게 기다리며 반쯤 허리를 드러낸 호수를 보고 있자니, 항상 가득 채워지기를 열망하는 우리의 마음과 닮았다는 생각을 한다.

나도 가끔은 텅 비어 있는 듯한 허전함 때문에 무엇인가 가득 채워지기를 바라며 조바심을 치는 때가 있다. 비워 있어야 새로운 것을 담을 수 있다는 평범한 진리를 알면서도, 그런 것은 까마득히 잊어버리고 미망(迷妄)에서 헤어나지 못하는 자신이 못내 부끄럽고 한심스럽기만 하다. 그러나 자신을 낮추고 마음을 비워 내는 일이, 어찌 당장 내뱉는 말처럼 그리 쉬운 일이겠는가. 뜨거운 태양 아래 자신의 일부를 수증기로 말리는 호수처럼, 인고(忍苦)의 시간 뒤에나 터득하는 깨달음의 열매일 것이다.

어느덧 해가 많이 올라와 있다. 고개를 돌려 걸어온 길을 되돌아보니, 병풍처럼 낮게 감싸 안은 산자락 속에 그림처럼 예쁘게 지은 하얀 집이 호수를 바라보며 나란히 서 있다. 아치형으로 지은 윗동은 엊그제 준공된 별채로 운치를 더해준다. 그동안 잔디가 자라서 푸르러진 정원에는 아기자기한 꽃밭을 만들어 갖가지 꽃을 심었고, 건물 입구에 심은 잘생긴 소나무와 자연석의 어우러짐이 집을 훨씬 돋보이게 한다. 울타리 대신 삼각추 모양의 주목을 심어 경계를 만들었고, 윗동의 정원에는 둘이 탈 수 있는 귀여운 그네까지 만들어 정겨운 분위기를 자아내고 있었다.

이년 전 봄, 친구 부부와 처음 와본 이곳은 너무 쓸쓸하고 황량한 산자락이었다. 근처에 시골집이 한 채 있기는 했지만, 사람 그림자는 찾아볼 수도 없고 버려진 밭에는 잡초만 우거져 있었다. 친구가 오래전에 호수가 보이는 주변 경치에 반해 땅을 사 두었는데, 이제는 아이들도 다 컸으니 이곳에 집을 지어 살고 싶다고 했다. 아직 도시 생활에 미련을 못 버린 친구의 남편은 그런 부인의 의견에 반대했으나, 자연을 좋아하고 전원생활을 꿈꾸던 친구는 오랜 염원(念願)을 이루고 싶어했다.

그러나 젊지도 늙지도 않은 오십대 부부에게 경제적인 자립을 이루며 전원생활을 시작하는 것은 커다란 모험이기도 했다. 그들은 우리 부부에게 자문을 받기 위해서 동행한 길이었는데, 우리는 섣불리 아무 말도 할 수가 없었다. 그러나 주변 산세(山勢)와 호수의 경치가 너무 아름답고 물과 공기가 하도 좋아서 노후에 마음을 비우고 욕심 없이 살기에는 더없이 좋을 것 같았다.

그리고 일 년 전, 친구는 드디어 오랜 꿈을 실행에 옮겨 이곳에 아름다운 집을 짓고 이사를 했다. 전원생활이 사람의 마음을 풍요롭게는 하지만, 얼마나 힘들고 외로울지 겁을 내는 나는 감히 엄두도 내지 못할 일을 그녀는 해낸 것이다. 가녀린 몸매에 연약해 보이는 친구의 어디에 그런 용기가 숨어 있었는지 모르겠다. 그녀는 겉으로 잘 드러내지는 않았지만 마음자락이 깊고 따뜻한 사람이었다. 앞뒤

사리를 분별할 줄 알았고, 겸손함도 잃지 않는 친구는 행복을 쟁취할 수 있는 용기도 있었다. 몇 년 전 IMF의 여파로 내가 감당키 어려운 시련에 빠졌을 때, 곁에서 많은 위로와 도움을 주던 친구이기도 했다.

이런저런 상념에 잠기며 발길을 돌려, 오던 길을 되짚어 간다. 겨울에는 눈이 많아 겨우내 눈꽃을 볼 수 있다는 청계 호숫가. 달이 밝은 밤이면 집 앞의 자작나무가 하얀 너울을 쓴 듯 돋보이는 테라스가 아름다운 집. 그 집에서 나무를 닮은 모습으로 성실하고 열심히 살아갈 친구 부부의 모습을 그려보며 천천히 발걸음을 옮긴다.

아직 집 안팎은 조용하기만 하다. 뒤뜰에는 어젯밤 질펀하게 벌인 바비큐 파티와 열띠게 응원하던 축구 경기의 흥분이 가시지 않은 듯, 술병과 음식물이 잔해가 남아 있다. 내 발소리에 놀란 산새 한 마리가 포르르 날갯짓을 하며 날아오른다. 테라스에 올라와 눈부시게 밝아오는 숲 속의 아침을 맞으며 신의 축복이 오랫동안 이 집에 함께하길 빌어본다.

2002. 6.

익숙한 몸짓들과 이별을 고하며

아침에 눈을 뜨면 혹시나 하며 이불을 젖히고 다리부터 살핀다. 예전처럼 벌떡 일어나던 건강한 다리이기를 간절히 기대하면서…. 그러나 여전히 오른쪽 무릎은 산모의 얼굴처럼 퉁퉁 부어 있고, 침과 부항을 뜬 자리가 푸르죽죽하게 멍으로 남아 마치 무언의 데모를 하고 있는 듯했다.

하기는 60여 년이 가깝게 무던히도 부려 먹은 다리였다. 해마다 점점 늘어가는 체중을 감당하기 힘들었을 텐데도 아무 불평 없이 묵묵히 견뎌 오지 않았던가. 처음 병원에서 절대 안정을 취하고 잘 치료를 받아야 한다고 엄포를 놓을 때도 "그래, 그동안 내 다리도 너무 힘들었을 테니 이제 좀 쉬게 해주어야지."라고 느긋하게 생각했다. 그저 답답한 일상을 어떻게 잘 견디며 소일할 것인가 하는 것만이 관심사였다.

　그래서 보고 싶었던 책도 몇 권 사오고 비디오테이프도 몇 개 빌려놓고서 모처럼 찾아온 휴식을 나름대로 즐겨볼 심산이었다. 그러나 깁스를 하거나 입원을 하지 않은 다음에야 주부의 역할이 멀거니 앉아서 편히 쉴 수만은 없었다. 하다못해 식구들의 먹을거리라도 장만해야 하고 병원에도 다녀야 하니 다리를 안 쓸 도리가 없었다. 게다가 온 민족의 설날이 다가왔으니 부은 다리를 질질 끌고 가서 며느리 역할도 해야 했다.

　그때부터 무릎은 더 악화되기 시작했다. 계속 치료를 하는데도 낫기는커녕 더 나빠지는 듯한 상황이 되자 겁이 더럭 나고 초조해졌다. 인터넷을 뒤져 나와 비슷한 증상들을 찾아내고 투병일지를 읽고 나니, 그냥 얼마동안 쉬면 괜찮을 거라고 애초에 생각한 것처럼 그렇게 가벼운 병세가 아니었다.

　그동안 퇴행성 관절염이 서서히 진행되었는데도 나는 그것을 무시하며 계속 격렬한 운동을 해온 것이다. 다리는 알게 모르게 조금씩 신호를 보냈을 텐데 머리는 마냥 젊은 것으로 착각을 하고 외면했었다. 불안해지는 마음을 참지 못하고 대학병원으로 한의원으로 좋다는 곳은 여기저기 모두 찾아다녔다.

　정형외과에서는 며칠에 한 번씩 엄지손가락만한 굵기의 주사기로 노란 액체를 한 대접씩 빼내고 한의원에서는 한약과 침으로 물을 말린다고 하는데도 무릎은 계속 부어올랐다. 도대체 어디서 어떻게 스며드는지 그것은 샘물처럼 부지불식간에 몸 안에 고였고, 몸 주인에 대한 원망인지 저항인지 반란은 좀처럼 기세를 꺾지 않았다.

익숙한 몸짓들과 이별을 고하며 ……

드디어 무릎과의 장기전을 예감하고 전의(戰意)를 잃지 않으려면 마음부터 추스르고 다져 먹어야 했다. 그동안 생활의 일부처럼 해오던 운동들도 모두 접고, 무료한 생활에 활력을 주던 취미들도 이제는 모두 포기해야 한다고 했다. 설사 다리가 낫는다 해도 이제는 조심조심 걷는 것 이외에 운동은 힘들 것이라는 주위의 충고에 투병도 하기 전에 미리 주눅부터 들었다.

몇십 년 동안 아침마다 해오던 에어로빅이나 근래에 막 재미를 붙여 시합까지 나갔던 스포츠 댄스, 바람을 가르며 탄천을 거쳐 한강까지 오르내리던 자전거 타기 등은 모두 포기해야 한다고 했다. 하물며 하얀 설원을 질주하던 스키나, 내년에는 꼭 한번 지리산 종주에 도전하리라던 등산은 엄두도 못 낼 일이었다. 낙담이 지나쳐 맥이 빠지며 나중에는 우울 증세까지 보였다.

언제 어디서부터 잘못된 것일까. 무릎이 이 지경이 되도록 왜 한 번도 이런 상황을 예상하지 못한 것일까라는 후회와 회한이 물밀 듯이 밀려왔다. 몇 년 전에 겨울 산행을 하다 넘어져 무릎 인대를 다친 적이 있었는데, 그곳이 가끔 말썽을 부리고 아프긴 했지만 별로 대수롭지 않게 생각했다.

그것이 원인이 되어 치명적인 관절염이 되리라곤 정말 생각지 못한 일이었다. 어떤 이는 나에게 나이를 망각하고 너무 설치다가 이런 변을 당했다고 당연하다는 투로 나무라기도 했다. 하긴 분수를 모르고 마냥 젊다고 생각하고 몸을 혹사시켰는지 모를 일이다. 또한 그동안 나이를 의식하지 못하고 체력을 늘린다고 분에 넘치는 만용을 부렸을지도 모른다. 모든 일에 원인 없는 결과는 없는 법이니, 어리석은 인간은 항상 나쁜 결과 뒤에나 후회하고 깨달아 가는가 보다.

어쩌면 건강도 그렇고 우리의 삶도 시행착오의 연속인지 모른다. 자기가 지니고 있을 때에는 별로 소중한 것을 깨닫지 못하다가 정작 잃고 나서야 비로소 그 소중함을 알고 후회하게 되니 말이다. 아직 편안하게 걷게 될 때까지는 얼마나 먼 투병의 길이 남아 있는지 모르겠다. 그러나 이젠 너무 서두르지도 않을 것이며 초조해하지도 않을 것이다.

그동안 내 삶에 기쁨과 활력을 주었던 익숙한 몸짓들과는 이별을 고하고 노년으로 가는 새로운 일상에 정을 붙여야겠다.

2006. 3.

생명의 노래

우편함에 묵직하게 꽂혀 있는 책을 발견했다. 정기구독을 하는 잡지이거나, 책을 낸 문우들의 증정본일 것이라고 생각하며 무심히 꺼내보니 낯익은 친구의 필체가 반갑다. 포장을 뜯으니 깨알처럼 쓴 정겨운 글이 나온다. "사람이 살고 죽는 게 덧없습니다. 꽃이 피고 지는 것도 덧없군요. 우리들의 부모가 저렇게 아파하며 죽어가듯, 우리 또한 그 길을 따라가야 할 것을…." 라는 글로 시작되는 친구의 편지였다.

내 생일에는 25년이 넘게 책을 선물해주는 친구가 있다. 긴 세월을 한 번도 거르지 않고 내 생일을 기억하고 챙겨주는 고맙고 알뜰한 친구이다. 우리는 자주 만나지는 못하지만 그녀를 생각하면 언제나 정겹고 마음이 따뜻해진다. 그 친구와의 인연은 삼십대 초반으로 거슬러 올라간다. 두 아이를 낳아 키우며 책을 읽을 시간이나 여유도 없던 시절이었는데, 그나마 쉽게 접할 수 있는 책은 남편이 사다주는 여성잡지 정도였다. 그 책에서 어떤 독자의 글을 자주 접하게 되었는데, 공감이 가는 글이라 오랫동안 기억에 남았다.

그러다가 우연히 글을 쓴 사람이 우리 아이와 같은 유치원의 학부모라는 것과, 같은 동네에 살고 있어서 자연스레 가까워지게 되었다. 전업 주부인 나와는 달리 그녀는 직장을 가지고 있었는데, 바쁜 중에 살림도 알뜰하게 하지만 시간을 쪼개서 책도 많이 읽었다. 나는 슈퍼우먼처럼 부지런한 그녀를 가까이 하며 크고 작은 영향을 많이 받았다. 더구나 직장과 가정에 충실하면서도 꾸준히 책을 읽는 그녀를 보며 나의 나태한 생활 태도를 각성하기도 했다.

우리는 가끔 만나서 서로의 글을 보고 느낀 감정을 이야기하곤 했는데, 나는 그녀를 흉내 내느라 글을 써서 여기저기 잡지늘에 투고를 하곤 했다. 우리가 친해지자 나중에는 남편들까지 가까워져서 두 집 식구들이 같이 모여 식사를 하거나 여행을 함께 가는 좋은 친구이자 이웃사촌이 되었다. 친구에게는 여러 종류의 책이 많아서 그녀가 없을 때도 나는 그 집에 들러 보고 싶던 책을 빌려오거나 새로 나온 서적들을 엿볼 수 있었다. 그러면서 살림에 묻혀 무디어진 감성을 조금씩 닦으며 습작을 하게 되었다.

아이들이 크자 우리는 각자 다른 동네로 이사를 하여 자주 만날 수 없었는데도 꾸준히 우정을 키워왔고 서로의 안부를 궁금해하는 사이가 되었다. 요즘 친구는 삼십여 년 간 아이들을 키워주고 살림을 돌봐주시던 친정어머니가 죽음의 문턱을 바라보는 힘든 상황이고,

나 또한 병환으로 누워 계신 어머니 때문에 마음고생을 하고 있다. 젊은 시절에 만나 문학을 논(論)하고 꿈을 이야기하던 우리는 어느덧 초로(初老)의 길목에서 죽음에 대하여 진지하게 이야기하는 나이가 되었다.

그래서인지 오늘 친구가 보내온 책도 『나의 생명 이야기』라는 제목의 책이었다. 생명과 연관된 일을 하는 두 과학자와 예술가 한 사람이 같이 만든 책이었다. 세 친구는 같은 직장에 근무하는 동갑내기로 모두 영역은 다르지만 '생명'이라는 주제를 가지고 씨름하는 사람들이었다. 또한 그들의 공통점은 자연적인 환경에서 낳고 자랐는데, 유년 시절에 꽃과 풀과 작은 생명체들을 보고 만지며 성장한 사람들이기에 생명의 소중함을 일찌감치 체험했을지도 모른다.

요즘 젊은이들은 걸핏하면 조그만 좌절도 견디지 못하고 스스로 목숨을 끊거나, 인터넷에 자살 사이트가 성행하는 것을 보면 소중한 생명을 얼마나 하찮게 여기는지 알 수 있다. 그런 사람들이 병원에 가서 불치병을 앓는 사람들의 투병하는 모습이나 애타는 소원을 들어보면 생각이 많이 바뀔 것이다. 그들이 조금 더 살기 위해서 병마와 얼마나 처절한 싸움을 하는지 직접 보고 느낀다면 아마도 조금은 생명의 소중함을 깨우치지 않을까 싶다.

친구가 꺼져 가는 불씨처럼 잦아드는 어머니의 생명을 보며 속수무책으로 아파하는 것도, 아무것도 어머니를 대신해 줄 수 없기 때문일 것이다. "조금 덜 슬프고 조금 덜 아프고, 그래서 이 세상이 좀 더 희망적일 수 있었으면 좋겠습니다. 그리고 이 책이 당신의 책상

한 모퉁이에서 끊임없이 생명의 노래를 불러 준다면 좋겠습니다."라고 편지는 끝을 맺고 있었다.

언젠가 원주의 토지문학관에서 박경리 선생님의 강의를 들은 적이 있다. 선생님은 어느 생명이든 살아 있는 것은 아름다운 축복이라고 하셨다. 더구나 살아서 능동적으로 몸을 움직이고 일할 수 있는 것은 무한한 행복이라고 했다. "누구나 어렵지 않은 삶은 없습니다. 나비의 끊임없는 날갯짓을 보고 인간은 '나비가 춤을 춘다'라고 표현하지만 나비 자체는 생존을 위해 힘쓰고 있는 모습입니다."라는 말씀을 하셨다.

겉보기에는 모든 것을 갖추고 편안한 삶을 살고 있는 것 같은 사람도 나름대로는 이를 악물고 힘겹게 살고 있는지 모른다. 그러나 우리는 기끔 이린 생명의 소숭함을 잊어버리기에 함부로 말하고 함부로 행동한다. 사소한 일에도 죽고 싶다고 푸념하거나 조그만 고통도 두려워하며 외면하려고 한다. 살아 있는 것만도 축복이라는 것을 진심으로 깨달을 때, 우리는 겸손하게 삶을 받아들이며 아름다운 생명의 노래를 부를 것이다.

선물을 보내준 친구가 힘든 고비를 잘 넘기고 다시 환한 웃음을 웃으며 만날 수 있기를 기대해 본다.

2003. 6.

나목(裸木)의 의미

그곳으로 가는 길은 하얗게 눈을 뒤집어쓴 나무들과 그것을 품은 설산(雪山)이 굽이굽이 이어져 있었다. 표지판을 따라 꼬불꼬불한 고개를 넘다보니, 동양화 같은 산자락에 포근히 안긴 하얀 건물이 나타났다. 사방은 병풍처럼 산으로 둘러져 있고 아늑한 분지 같은 곳에 병원이 들어서 있었다. 그런데 주위의 산들이 병풍처럼 막아주어서일까 그곳에는 바람 한 점 없이 포근하고 따뜻했다.

맏동서인 형님이 이곳 요양 병원에 와보고 싶다고 했을 때, 나는 안내를 자청하고 나섰다. 게다가 우리의 동행에 길동무가 되어준다고 손아래 동서까지 합류를 해서 세 동서가 모처럼 먼 길을 나선 것이다. 형님이 건강했다면 정말 기분 좋고 즐거운 나들이였을 것이다. 나보다 몇 달 앞서 결혼한 큰동서는 나의 중학교 동창이었다. 형님과 나는 비슷한 시기에 결혼을 하였고, 닮은꼴로 남매를 낳아 기르며 한 집안의 며느리들로 별 탈 없이 살아왔다. 젊은 시절에는 내가 약골인 데다 직장 생활을 하는 형님 때문에 불만도 많았지만, 나이가 들면서는 늘 동동거리며 힘겹게 사는 그녀가 측은했다.

형님은 이제 30년을 넘게 근속하던 교직을 퇴직하고 편안한 생활을 즐길 만한 시기였는데, 재작년 가을 갑자기 유방암 판정을 받은 것이다. 다행히 수술도 잘되고 항암 치료도 열심히 받아 식구들도 한숨을 돌렸지만 늘 불안하다며 물 좋고 공기 좋은 곳에서 지내고 싶다고 했다. 그래서 수소문 끝에 이곳 요양 병원을 알아내고 답사하는 의미로 찾아오게 된 것이다.

약도를 들고 초행길을 달리다보니 이런 첩첩산중에 어떻게 건물이 들어섰을까 싶도록 주변 경치가 기막히게 아름다웠다. 또한 고갯길에 붙여 놓은 현수막의 내용처럼 좋은 물과 좋은 공기, 그리고 신선한 음식을 먹으며 밝은 햇빛만 쬐고 있어도 저절로 건강해질 것 같았다.

우리는 우선 상담실로 들어가 병원 관계자에게 자세한 설명을 듣고 그의 안내를 따라 병원을 돌아보았다. 요양원에는 간혹 치매나 중풍을 앓는 노인 환자들도 있었으나 대부분은 말기 암 환자들이었다. 이곳에서는 '뉴 스타트' 운동 같은 전인치료 뿐만 아니라 웃음치료나 심리치료 등으로 우선 환자를 편안하고 즐겁게 해주는 치료를 한다고 했다. 대부분의 현대병들이 그렇겠지만 암도 오염된 공기와 음식, 극도로 긴장된 스트레스 때문에 면역력이 저하되어 발병한다고 한다. 그렇다면 약물요법이나 식이요법도 중요하지만 무엇보다 먼저 마음을 비우고 편안하게 자신의 마음을 다스리는 것이 우선적인 치료 방법이라고 여겨졌다.

때마침 점심시간이 되자 우리도 식당으로 가서 그들이 먹는 음식을 같이 먹어 보기로 했다. 식단은 잡곡밥에 주로 야채 위주의 뷔페식이었다. 주위를 둘러보니 환자복을 입은 환우들이 즐겁게 담소를 나누며 오랫동안 식사를 하고 있었다. 식당 벽면에는 "즐거운 마음으로 꼭꼭 씹어 천천히 먹읍시다."라고 씌어 있었다. 이곳에 있는 사람들은 모두 그 말을 명심하고 그대로 실행하는 것 같았다.

우리 옆 테이블에도 너덧 명의 여인들이 식사를 하고 있었는데 밝은 얼굴과 환한 모습들이 전혀 환자답지 않았다. 오십대쯤 되었을까, 얼굴이 뽀얗고 후덕하게 생긴 여인에게 "왜 이곳에 오게 되셨어요?"라고 물으니 가족들이 수소문하여 적극 추천을 하였다고 한다. 그녀는 자궁암이 재발하여 병원에서도 포기를 한 상태이며 의학적으로는 아무 치료 방법이 없다고 했다.

뽀얀 피부의 얼굴이며 맑은 표정까지도 전혀 아픈 사람 같지 않다고 했더니, 그러면 얼마나 좋겠느냐고 쓸쓸한 미소를 지어 보였다. 그 웃음 뒤에는 인생을 달관(達觀)한 사람 같은 표정이 엿보였다. 어쩌면 이곳에 있는 사람들은 이 여인처럼 마지막 생(生)의 끈을 붙잡고 죽음과 사투(死鬪)를 벌이는 사람들이 대부분일지도 모른다. 그러나 자기의 처지를 긍정적으로 받아들여서인지 표정은 밝고 평온해 보였다.

우리는 식당을 나와 하얀 눈이 발목까지 차오르는 비스듬한 산책길을 걸었다. 올 겨울은 눈이 귀해서 눈길을 밟아 보는 것만도 행운이라 생각하며 걷는데 예쁜 산새 한 마리가 놀라서 날아오른다. 형님은 "어머나! 어쩌면 무슨 새가 저리도 예쁠까."라고 감탄하며 한참 동안 눈길을 떼지 못한다. 평소에는 무심히 지나쳤을 산새 한 마리에도 경탄을 금치 못하고 애착을 갖는 형님을 보니 가슴이 아프게 저려왔다.

아직은 쌀쌀하고 추운 날씨인데도 햇살이 퍼지니 산책을 하기 위해 많은 사람들이 산으로 올라온다. 여럿이 모여서 가는 이들도 있고, 혼자서 묵묵히 걷는 사람도 많다. 저들은 무슨 생각을 하며 열심히 걷는 것일까. 병마를 이기고 다시 집으로 가게 해 달라고 빌고 있을까. 아니면 죽음이 가까이 오고 있음을 담담하게 받아들이고 마음을 비우는 연습을 하는 것일까.

사람은 태어나서 살다가 그 시기가 언제일지 모르지만 누구나 죽게 된다. 그러나 그 사실을 종종 잊어버리기에 아등바등하고 욕심을 부리며 사나 보다. 그러기에 잘사는 것 못지 않게 잘 죽는 것도 우리에게는 아주 중요한 문제이다. 어쩌면 이 요양원은 치료의 목적보다는 마음을 비우고 죽음을 편안하게 받아들일 수 있도록 도와주는지 몰랐다.

정말 아무 두려움 없이 편안하게 죽음을 맞을 수 있다면 그 또한 축복이 아니겠는가. 마음을 비우는 것이 말처럼 쉬운 일은 아니지만, 부단한 노력과 깨달음을 통해 얻을 수도 있는 맑은 경지라 생각한다.

우리는 거친 바람을 이기고 꿋꿋이 서 있는 나무들을 보며, 자기의 모든 것을 조건 없이 내어주다가 끝내는 흙으로 돌아가는 나목(裸木)의 의미를 되새기며 천천히 산을 내려왔다.

2005. 12.

만남의 인연

얼마 전 텔레비전에서 어떤 연예인이 어린 시절의 은사님을 찾아 눈물을 흘리는 모습을 보고 가슴이 찡해왔다. 그 프로는 유명한 연예인이나 성공한 스타들이 어릴 적에 짝사랑하던 동창이나 보고 싶은 친구를 찾아내어 재회하는 흥미 위주의 프로였다. 그러나 그날의 주인공은 힘들고 어렵던 학생 시절, 진정한 사랑을 실천하신 선생님을 어렵사리 찾아 그동안의 은혜에 감사하며 큰 절을 올리는 것이었다.

사람은 한평생을 살면서 여러 사람을 만나고, 또한 갖가지 인연을 맺으며 살아간다. 더러는 부부의 인연처럼 피할 수 없는 필연(必然)도 있지만, 다시는 만나고 싶지 않은 악연(惡緣)의 만남도 있다. 잠시 스쳐 지나가는 인연이지만 가슴에 큰 울림을 주는 사람도 있고, 우연한 계기에 자기의 인생에 커다란 영향을 주는 소중하고 아름다운 만남도 있다.

뒤돌아보니 아무것도 내세울 것 없는 나같이 평범한 사람에게도 잊혀지지 않는 두 분의 선생님이 계셨는데, 첫 번째는 초등학교 6학년 담임이셨던 B선생님이시다. 어린 시절 나는 무척이나 내성적이고 소심한 편이었다. 맏이어서 그랬는지 나의 생각이나 주장을 말하기보다는 대체로 남의 의견을 따라가는 조금은 줏대 없고 겁이 많은 아이였다. 그래서 학업 성적도 중간 정도였고, 특별히 잘하거나 못하는 것도 없이 있는 듯 없는 듯 평범한 존재였다. 하물며 같은 반 아이들조차 나를 모르는 아이가 있을 정도로 말이 없고 늘 조용한 편이었다.

그런데 어느 날 학교에서 수학 경시대회에 나갈 학생을 뽑기 위해 예비 시험을 치렀는데 의외로 나의 성적이 제일 우수하게 나왔다. 나는 믿어지지 않았고 무언가 채점이 잘못된 듯싶어 선생님을 찾아갔다. 나는 실력이 모자라니 도저히 학교 대표로 경시대회에 나갈 수가 없으며, 시험 성적도 그저 우연히 잘 나왔을 뿐이라고 울먹이며 말했다. 그러나 선생님은 다정하게 웃으시더니 "너무 겁내지 말고 평소 실력대로만 하면 된다."고 하시며 내 어깨를 두드려 주셨다.

그날부터 나는 걱정이 되어 죽을힘을 다하여 공부를 했다. 행여 낙제점을 받아 학교 망신이라도 시키면 어쩌나 하는 생각에 입맛을 잃을 정도였다. 다행히 시험 성적은 그럭저럭 나와 망신은 면했고 그 후부터 나는 조금씩 공부에 자신감을 갖게 되었다. 그리고 관심과 사랑으로 대해주시는 선생님을 실망시키지 않으려고 열심히 노력했다.

그래서 졸업을 할 즈음에는 내가 사는 도시에서 제일 우수한 여자 중학교를 무시험으로 갈 수 있을 만큼 실력이 늘었다.

B선생님은 처음으로 어린 나를 인정해주고 믿어주신 분이었다. 이 세상에 자신을 믿고 인정해 주는 것만큼 더 큰 격려가 있을까. 그때부터 나도 열심히 하면 무언가를 해낼 수 있다는 자신감이 생겼으며 성격도 차츰 명랑하고 밝아지기 시작했다. 자기의 존재를 소중히 알고 사랑할 수 있는 사람만이, 다른 사람도 사랑할 수 있다고 하지 않던가. 그 후 나는 중학교에 들어가 사춘기의 열병도 별탈 없이 넘기며 즐거운 학교생활을 하면서 서서히 선생님을 잊어갔다.

그리고 또 한 분, 잊을 수 없는 L선생님은 내가 나이 사십 중반에 들어서서 만난 스승이다. 젊을 때부터 연모하던 문학에의 꿈을 접은 채 생활에 쫓겨 살아가다가 어느 정도 아이들도 크고 시간의 여유가 생기자 글을 쓰고 싶은 열망에 사로잡혔다. 그러다가 제대로 된 글을 써보고 싶어 수필 공부를 시작했는데, 바로 L선생님께 지도를 받게 된 것이다.

선생님은 날카로운 지성과 따뜻한 감성을 공유하신 분이셨다. 수필은 자신이 경험한 일이나 직접 보고 들은 체험에다, 자기의 생각과 철학을 접목시켜 표현하는 문학이다. 그러기에 선생님은 "글은 곧 그 사람이다."라는 말씀을 하셨다. 글을 읽다보면 그 사람의 가치관이나 인생관, 그리고 글을 쓴 사람의 사상(思想)이 그대로 드러나기 때문이다. 그러기에 "좋은 글을 쓰려면 먼저 사람이 되어야 한다."는 말을 자주 하셨다. 좋은 글을 쓰기 위해서는 먼저 자신의 인품을 닦아야 한다는 말일 것이다.

그래서 수업 시간에는 글을 쓰는 이론 공부보다 지혜롭게 살아가는 인생 공부를 더 많이 했는지도 모르겠다. 더구나 나 위주로 생각하는 편협한 시각에서 다양한 시각으로 생각이 트일 수 있었던 것은 수필공부 외에 선생님께 배운 또 다른 수확이었다. 처음에는 엄격한 수업 방식 때문에 좌절도 많이 했지만 L선생님 덕분에 수필이 무엇인지 알게 되었고, 수필을 사랑할 수 있게 되었다. 그리고 수필 공부를 하면서 좋은 선후배와 문우들과도 많은 인연을 만들었다.

온갖 꽃들이 앞 다투어 피고 만물이 소생하는 봄, 내 인생의 초년에 나에게 사랑으로 자신감을 불어 넣어주신 B선생님과, 무력해진 중년의 나에게 수필이라는 새로운 선물과 의욕을 주신 L선생님의 은혜에 보답하는 길은 많은 것을 사랑하며 열심히 사는 일이리라. 두 분 선생님도 이 눈부시고 화창한 봄날에 부디 건강하시고 행복하시길 기도드린다.

2000. 5.

다림질

이마에 흘러내리는 땀을 닦으며 다림질을 한다. 바람 한 점 없이 후텁지근한 날씨에 다리미에서 뿜어 나오는 열기로 등허리는 땀으로 흥건하다. 기승을 부리는 더위를 조금이라도 피해 보려고 많은 사람들이 산과 바다를 찾아 연일 도시를 빠져나가고 있다. 예전 같으면 나도 마음이 부풀어 휴가 계획을 세우고 피서 대열에 끼어 들떠 있겠지만, 올해는 텔레비전에 비친 피서 인파를 보면서도 나와는 상관없는 먼 세상 이야기같이 느껴졌다. 어딜 가나 덥지 않은 곳이 없을 것 같기도 하고 가뭄 때문에 애타하는 농민들과 식수난 때문에 고통받는 이들에게 미안함 때문이기도 했다. 더구나 숨막히는 교통 체증과 그 복잡한 인파 속에 끼어들 엄두가 나질 않아서이기도 했다.

그러나 나름대로 더위를 잊어보려고 시원한 파도 소리가 들리는 음악을 들어보기도 하고, 책을 읽으려고 이것저것 펴보기도 했지만 더위 때문인지 도저히 머릿속에 들어오지를 않는다. 그러다가 궁리를 해낸 것이 우리 조상들의 지혜인 이열치열이라고 다림질을 하기 시작했다.

매일 갈아입는 남편의 와이셔츠를 비롯하여, 티셔츠나 청바지까지도 다려서 입는 아들의 버릇 때문에 우리 집은 유난히 다림질을 많이 하는 편이다. 그런데 날씨가 덥다고 며칠을 미뤄왔더니 다림질할 옷이 수북이 쌓인 것이다. 그 많은 옷들을 꺼내 놓고 하나하나 다림질을 하는 동안 팔은 아프고, 온몸은 땀투성이가 되어 후끈거렸지만, 머릿속은 오히려 잘 다려진 옷가지처럼 가지런히 정리가 되어갔다.

이십여 년 전 내가 결혼하던 해, 어머니는 장롱 속에 깊이 넣어두었던 작은 고리짝을 꺼내주셨다. 그 속에는 맏딸이 시집가면 주려고 오랜 세월 모아 놓은 여러 가지 물건들이 차곡차곡 들어 있었다. 넉넉지 않은 살림에 언제 그렇게 장만하셨는지 물빛 고운 한복감이며, 모양이 귀여운 찻잔과 숟가락, 속옷이나 손수건까지 어머니가 귀하고 예쁘다고 생각하신 것은 하나도 쓰지 않고 모아 두신 것이었다.

그 중에 그 당시에는 구하기 어려웠던 미국 '제네럴 모터스' 회사의 다리미도 끼어 있었다. 그러나 그때는 어머니의 그런 마음씀이 딸을 시집보내기 위해서 마땅히 준비한 것으로 여겨져서 아무런 감동도 없었다. 그리고 으레 예쁘고 귀한 것은 내가 가져가도 된다고 생각하며 결혼을 했다.

신혼 초에 매일 남편의 와이셔츠와 바지를 다려야 하는데 생각처럼 잘 다려지지가 않았다. 이쪽을 다리고 나면 저쪽이 구겨지고, 바지의 앞주름을 맞추어 다리고 나면 뒤쪽에는 선이 두 개나 생기곤 했다. 그러면 옆에서 보기가 딱했던지 남편이 다리미를 빼앗아 군대에서 배운 솜씨라며 보기 좋게 날을 세워 손수 다려 입곤 하였다.

그 당시에는 투박하고 튼튼하게 생긴 다리미가 왜 그렇게 무겁기만 하던지 별로 좋은 줄을 몰랐다. 힘들여서 몇 가지의 옷을 다리고 나면 팔이 아프고 손목이 시큰거려서 다림질하는 일이 무척이나 곤혹스러웠다. 그 후, 이십 년이란 세월이 흐르면서 살림 솜씨뿐 아니라 다림질에도 기술이 늘어 그 무겁던 다리미를 마음대로 움직여가며 능숙하게 다림질을 하게 되었다. 시집올 때 가져왔던 그 다리미는 워낙 견고하게 만들어서인지 몇 번 줄을 바꾸긴 했으나 한 번도 고장이 나지 않아서 아이들은 우리 집 골동품 중의 하나라고 말하곤 했다.

올봄에 남편이 일본에 갔다가 다리미를 사가지고 왔을 때도 아직 쓸 만한 것을 바꾸기가 아까워서 괜히 낭비처럼 생각되었다. 그러나 분홍색의 플라스틱 소재로 만든 최신형 다리미를 써 보고는 그만 그것에 매혹되고 말았다. 모양도 작고 예쁠 뿐만 아니라 아주 가볍고, 줄이 필요 없는 충전식으로 되어 있어서 아무 데나 자유자재로 움직일 수 있었다. 더구나 자동 스팀 장치가 되어 있어 물뿌리개를 쓰지 않아도 되며, 섬유의 질에 따라 저절로 온도 조절이 되는 것이 마냥 신기하기만 했다. 더구나 나같이 정신없는 사람이 전원을 연결한 채로 다른 일을 하다보면 '삐삐' 하는 경보음을 울려 주기도 한다.

처음에는 반갑지 않은 선물이라며 시큰둥해하던 다리미를 요즘은 무엇보다도 요긴하게 쓰는 나를 보고 남편은 변덕스럽다고 놀리곤 한다. 그런 말을 들을 만도 한 것이 전에는 우리 집 가보 중의 하나라고 자랑하던 헌 다리미를 이제는 거들떠보지도 않게 되었기 때문이다.

그러나 헌 다리미가 비록 새것에 밀려 쓸모는 없게 되었어도 선뜻 버릴 수가 없었다. 옛날 고리짝 속에서 처음 꺼내 보았을 때의 그 반짝거리던 광택도 없어지고 모양도 매우 낡아 버렸지만 그것은 어머니가 딸을 위해서 어려운 살림을 쪼개어 정성스럽게 준비해 주신 것이기 때문이다. 이젠 모두 없어져 버린 혼수품 중에서 그것을 볼 때마다 어머니의 사랑이 나를 따뜻하게 해줄 것 같아서이다.

살아가면서 이해나 타산 때문에 마음이 옹졸해질 때, 사는 것이 허무하고 우울해질 때면 나는 그 헌 다리미를 꺼내 다림질을 할 것이다. 그러면 차가워진 가슴도 서서히 사랑의 전원으로 연결되어 뜨거워질 수 있지 않을까. 그리고 험난하고 숨 가쁘게 살아오신 어머니의 인고의 삶이 생각나고, 나 혼자 힘들게만 느껴지던 삶의 주름살도 반듯하게 펴줄 수 있는 힘이 되어줄 것이다. 다림질을 끝내고 목욕을 하고 나니 비 개인 오후처럼 상쾌함이 기분 좋은 피로를 몰고 온다.

1994. 8.

희망을 안고 오릅니다

올해 여름은 유난히 덥고 긴 것 같다. 아직도 한낮에는 곡식과 과일을 여물게 하려고 햇볕이 따갑지만 얼마 안 있으면 더위도 수그러들고 물기가 걷히면서 나뭇잎들은 싱싱함을 잃을 것이다. 오후 늦게 한낮의 열기를 피해 산으로 오르는 숲 속으로 발길을 옮긴다. 어젯밤 내린 비로 숲에는 아직 물기가 남아 솔향기와 흙냄새가 한꺼번에 몰려든다. 산 속으로 들어서자 풀벌레 소리가 요란하다. 간간이 들려오는 새소리도 풀벌레 소리에 묻혀 멀리 잦아드는 듯싶다. 풀벌레들은 왜 저렇게 안간힘을 쓰며 지치도록 우는 것일까.

어떤 사람의 말처럼 "매미는 7일 동안 살기 위해서 7년을 기다린 것이 너무 억울하여 계속 울어댄다."고 했는데 정말 저런 미물들도 가슴속에 맺힌 한(恨)이 많아서 저렇게 종일토록 우는 것일까. 작년에 이곳 산 아래로 이사 와서 매일 오르는 산길인데도 오늘은 땀이 비 오듯이 흐르며 숨이 턱에까지 찬다. 통나무를 잘라 얼기설기 엮어 만든 간이 의자에 앉아 잠시 땀을 식힌다. 이 능선을 따라 두어 시간쯤 오르면 광교산 정상이 나오는데 보통은 반 정도만 갔다가 되돌아오곤 한다.

재작년 가을 우리 가족은 견디기 힘든 큰 고통을 겪었다. 우선 그때는 마음을 단단히 먹고 정신을 차려야 된다는 일념으로 이를 악물고 하루하루를 버티었다. 더구나 자괴감(自愧感)과 허탈감에 빠진 남편이 행여 쓰러지기라도 할까봐 슬픔을 느낄 여유마저 없었다. 그러다가 차츰 시간이 지나면서 잊어버렸다고 생각했던 미움들이 슬그머니 되살아났다. 평범한 사람들이 재물에 대한 집착을 버리고 마음을 비우는 것이 쉽지 않다는 것을 알고는 있었지만, 아무리 애를 써도 잃은 것에 대한 집착을 쉽게 떨칠 수가 없었다. 그저 모든 것이 허탈하고 억울하였고 사는 것마저 시들하여 아무런 의욕도 나지 않았다.

그나마 이 동네로 이사를 와서 큰 위안이 되었던 것은 우리 집 뒤로 소나무가 울창한 이 산이 있다는 것이었다. 우리 부부는 거의 매일 산에 오르며 마음을 다스렸다. 그동안의 어리석음을 후회하고 반성했으며, 힘들지만 현실을 그대로 받아들이기로 노력했다. 그리고 되도록 빨리 과거의 집착에서 벗어나 소박한 삶을 살려고 애썼다.

산은 우리에게 많은 것을 가르쳐주고 우리의 아픈 마음을 달래주었다. 비가 오나 눈이 오나 언제나 그 자리에 묵묵히 서 있는 산은 아무것도 요구하는 법이 없이 모든 걸 품어 주고 있었다. 산에 오르

희망을 안고 오릅니다 ……

며 용서와 화해를 배우고 겸손을 배우며 마음의 상처는 조금씩 아물어 갔다. 자연은 정말 신기하리만치 상처를 치유해주는 능력이 있는 것 같았다.

이제 여름이 지나고 나면 나뭇잎들은 시들어가고 숲은 생기를 잃을 것이다. 그러나 한여름 내내 햇볕과 자양분을 빨아올린 나무들은 열매와 씨앗을 만들고, 새들과 곤충들은 겨우살이 준비를 하느라 바쁠 것이다. 나는 천천히 통나무 의자에서 일어나 다시 산을 오른다. 누군가 예쁜 종이에 "우리는 희망을 안고 산에 오릅니다."라는 글귀를 써서 나무에 걸어 놓았다. 그 사람도 힘든 시련을 겪은 사람이었을까, 아니면 아직도 고통 속에 있는 사람일까. 희망, 정말 오래간만에 들어보는 말이었다. 아니 잊고 있던 말이기도 했다. 누군가 사람은 희망을 잃지 않으면 살 수 있다고 하지 않았던가.

어디선가 다람쥐 한 마리가 나와서 눈치를 보다가 인기척에 나무 위로 달아나 버린다. 잠시 후 해를 끼치지 않을 거라는 느낌이 들었는지 다시 쪼르르 내려와 무엇인가를 물고 간다. 다람쥐가 물고 간 것이 생명에 꼭 필요한 양식이라면 오늘 내가 안고 가는 희망도 내 영혼에 꼭 필요한 생명의 양식이 되리라고 생각한다.

2000. 8.

창(窓)가에서

햇볕이 따사로운 아침이다. 정신없이 북새통을 치르고 남편과 아이들이 집을 나간 후, 잠시 쌓인 일거리를 접어둔 채 커피를 끓여 거실 창 앞으로 나온다. 늘 그렇듯 선 채로 창밖의 모습을 꼼꼼히 둘러보며 천천히 차를 마신다. 왼쪽으로는 고압선 철탑 밑으로 줄줄이 늘어선 차들의 행렬이 여전히 거북이걸음을 하고 있고, 등교 시간이 임박한 아이들의 걸음이 분주하다.

마주 보이는 아파트 단지의 창들이 굳게 닫힌 채 햇빛에 반사되어 반짝이고 그 너머로 수줍은 듯 모습을 드러낸 구룡산이 정답게 다가온다. 마지막으로 눈길이 머무는 곳은 양재천 둑 밑으로 만들어 놓은 가로공원의 나무들이다. 며칠 전까지도 꽃샘추위로 심술을 부리던 날씨가 풀린 탓인지 나뭇가지 끝마다 물이 오르고 연녹색 새순이 꼬물꼬물 터져 나오고 있었다. "아, 정말 봄이구나." 하는 탄성과 함께 오늘은 답답한 일상을 밀쳐내고 어디론가 훌쩍 떠나보고 싶은 유혹이 창을 통해서 전해져 온다. 그렇지만 선뜻 창문을 열지 못하고 눈으로만 봄을 느끼는 것처럼 쉽게 틀에 박힌 생활을 탈출하지 못할 것이라는 걸 안다.

이곳 아파트로 이사 오기 전, 십여 년을 넘게 살던 산동네 주택에는 거실에 두개의 창이 있었다. 남쪽으로 난 커다란 창문을 열면 나지막한 벽돌담이 거치적거림 없이 마주 보이는 산이 흡사 집을 감싸 안고 있는 느낌이었다. 봄이면 개나리 진달래의 현란한 색채가 마음을 흔들어 놓았고 녹음이 우거지는 초여름이면 뻐꾸기의 울음소리가 향수에 젖게 하였다.

또 다른 서쪽 창을 열면 우리 집보다 지대가 낮은 앞집의 울안이 전개도처럼 펼쳐져 보이고 그 집 식구들의 생활 모습도 자연스럽게 알게 되었다. 아침에 눈을 뜨면 언제나 창부터 활짝 열고 하루를 시작하곤 했다. 오늘같이 화창한 날에는 행진곡이라도 크게 틀어놓고 신나게 총채질을 해대면 겨우내 먼지가 끼었던 집 안팎과 기분까지도 산뜻하게 밝아지곤 했다.

산이 있기에 늘 계절의 변화를 알려주고 감격하게 만들던 남쪽 창도 좋아했지만, 다정한 이웃과 왕성한 생활이 있는 서쪽 창도 삶의 재미를 솔솔 안겨 주었다. 몰래 아랫집의 부부 싸움을 엿보는 재미도 있었고 맛있는 음식을 하면 꼭 들켜 버려서 담장 너머로 나누어 먹던 일은 이웃끼리의 따뜻한 정을 오고 가게 하였다.

요즘 아파트의 창들은 전에 비해 훨씬 크고 넓어졌다. 그런데도 더

넓히기 위해 벽을 털어 내고 개조를 하는가 하면, 시야를 확 트이게 하려고 통유리로 바꾸는 집들이 점점 늘어나고 있다. 그러나 정작 창을 여는 일은 점점 줄어드는 것 같다. 소음이나 먼지 때문이기도 하겠지만 청소를 할 때에도 총채와 빗자루보다는 진공청소기를 많이 사용하고 한여름에도 에어컨을 사용하는 집들은 꼭꼭 창을 닫고 산다.

새로 지어지는 도심의 빌딩들도 비슷하다. 요즘은 건물의 외벽을 유리로 처리해서 외관상으로도 멋지고 안에서 밖을 볼 수 있어서 좋지만 전혀 여닫을 수 없도록 만들어 놓은 창들이 많은 것 같다. 여러 가지 이유가 있겠지만 창을 열 수 없으므로 빤히 보이는 바깥세계와는 완전히 차단되는 것이다.

공기나 소리도 그렇고 사람과 사람 사이도 하나의 유리벽을 사이에 두고 완전히 별개의 생활을 한다. 창을 닫는다는 것은 외부와의 단절을 의미한다. 창을 닫고 폐쇄된 공간에서 오래 생활하다 보면 사람의 마음마저도 굳게 닫히는 것은 아닐까 하는 의구심이 들기도 한다. 타인을 거부하고 점점 자신의 벽 속에 안주하려는 것이, 누구에게도 자신의 생활을 침해받기 싫어하는 현대인의 속성인지 모르겠다.

나도 그랬다. 나와 내 가족의 안일 외에는 별로 관심이 없었고 남의 아픔을 구태여 알려고도 하지 않았다. 내가 외로울 때는 누군가의 위로를 받고 싶었고, 힘들고 아플 때는 남의 도움을 받으려고만 했지 내가 남을 위해서 할 수 있는 일에는 마냥 인색했다. 하지만 내가 오늘 이렇게 편안하게 차를 마실 수 있는 것조차도 많은 사람들의 보이지 않는 희생과 헌신이 있기 때문에 이루어진 것이라는 걸 안다.

가만히 창문을 열어본다. 아직은 찬 공기가 확 밀려 들어온다. 집 안도 창문을 열어 공기를 바꾸듯이 내 마음에도 구석구석 환기가 필요하다는 것을 느낀다. 내 마음을 활짝 열어 남을 받아들일 때 그것이 남은 삶을 외롭지 않게 해 줄 가장 훈훈한 방법이라는 것을….

1992. 4.

나를 위로해준 말 없는 친구

올해는 추위마저 이른 것 같다. 가을이 아직 끝자락을 거두지 못하고 있는데 벌써 겨울이 삐죽 고개를 내밀고 있다. 하기는 입동이 코앞에 있으니 추울 때도 되었지만, 갑자기 닥친 추위 때문인지 가슴까지 시려 오는 느낌이다. 점퍼 깃을 올리며 숲 속으로 들어가는 오솔길로 들어선다. 물기가 걷힌 나뭇잎들이 낙엽이 되어 솔잎과 함께 땅 위를 덮고 있다. 바스락거리는 낙엽의 촉감과 솔잎의 폭신한 느낌이 금방 발끝으로 전해져 온다. 인적이 드문 이 오솔길을 처음 발견하고 설레는 마음으로 오르던 것이 엊그제 같은데 벌써 일년이 가까워 온다.

작년 가을 우리 가족은 견디기 힘든 큰 고통을 겪었다. 남편이 오래 근무하던 직장에서 퇴직을 당한 것이다. 그런 일이야 우리만 겪은 것이 아니고 IMF를 맞은 대다수의 사람들이 하루아침에 실직을 당하여 거리로 몰려나왔을 것이다. 그런데 설상가상으로 남편이 믿고 보증을 서준 후배가 부도를 내고 파산하는 바람에 모든 책임을 남편이 지게 된 것이다.

우리는 마른하늘에 날벼락을 맞은 기분이었다. 처음에는 도저히 믿어지지가 않아 그저 꿈을 꾸고 있는 것 같았다. 그러나 불행은 언제나 예고 없이 오는 것, 믿기지 않던 일들이 현실로 돌아와 우리를 옥죄기 시작했다. 평소에 신망(信望)과 명예를 목숨처럼 여기던 남편은 모든 손실을 자기가 떠안을 수밖에 없었다.

그리고 모든 일은 순식간에 진행되었다. 십 년 넘게 살던 집을 팔고 그동안 알뜰살뜰 모았던 저축금과 남편의 퇴직금까지 합쳐 손실금을 충당하고 나니 그야말로 우리는 빈털터리가 되고 말았다. 그동안 별 욕심 없이 남에게 못할 짓 안 하고 살아왔는데 이런 시련이 닥치다니, 사는 게 너무 허탈했다. 남편과 결혼하여 삼십여 년 동안 알뜰하게 살아온 세월들이 모두 물거품으로 변해버린 것 같았다.

더구나 일이 그 지경이 되도록 아무 의논이나 내색도 없었던 남편에 대한 배신감을 삭히기가 무척 힘들었다. 부부란 무엇일까? 라는 회의에 발목이 잡혀 세상살이가 더 허망하기만 하였다. 모든 것을 잊고 다시 시작하자고 아무리 다짐을 해도, 그것은 그리 쉬운 일이 아니었다. 더구나 결혼을 한 후에는 남편이 가져다주는 월급으로 살림이나 하던 오십대 여자에게 현실은 만만한 게 아니었다.

주위의 친구들이나 친지들은 모두 평탄한 길을 걷고 있는데 나만 깊이도 알 수 없는 나락으로 떨어진 느낌이었다. 다가올 내일이 걱정

되고 두려웠다. 앞으로 살아갈 일도 막막하고 외로움도 견디기 힘들었다. 여태까지 살아 왔던 생활 습관은 잊어버리고 새로운 삶을 살아야 했다. 며칠 동안 울기도 하고 실성한 사람처럼 낮밤을 가리지 않고 걸어 다니기도 했다.

뿌연 안개 속을 헤매는 것 같던 미로(迷路) 속에서 가느다란 빛이 보이기 시작한 건 이 동네로 이사를 하고 나서였다. 겨울이 되자 우리는 다행히 이곳 광교산 자락에 거처를 마련하여 이사를 하였다. 처음에는 아는 사람 하나 없는 낯선 동네에서 어떻게 마음을 붙이고 삶의 뿌리를 내릴까 생각하니 외롭고 두렵기만 하였다.

그때 내 곁에 와준 것이 컴퓨터였다. 동네에서 무료 교육을 해준다기에 오래 망설이다 등록을 하였다. 그러나 막상 교육장에 가보니 전부 젊은 주부들이었다. 나이 탓인지 처음에는 설명을 들어도 도대체 뭐가 뭔지 이해가 되지 않았다. 그나마 다행인 것은 나이가 들어 부끄러움이 줄어드니, 모르는 것은 주저하지 않고 질문을 하였다. 그리고 열심히 집에 와서 복습을 하였다.

기본 과정을 끝내고 나니 그렇게 겁나기만 하던 컴퓨터가 조금씩 친근하게 느껴졌다. 그 후로 나는 틈만 나면 컴퓨터를 가까이 하게 되었다. 아무런 삶의 의욕도 없던 나에게 정말 신기한 일이었다. 맨 처음 컴퓨터에 고마움을 느끼게 된 것은 외국에 나가 있는 아들과 이 메일로 편지를 주고받는 일이었다. 서신으로 주고받을 때는 거의 한 달이 걸리던 것을 아침저녁으로 안부를 물을 수 있으니 너무 신기하기만 하였다.

나를 위로해준 말없는 친구 ……

그리고 검색 사이트로 들어가 모르던 것을 알아내는 기쁨은 내 일상에 커다란 변화를 가져왔다. 그것은 어떠한 환경에서도 용기만 잃지 않으면, 무엇이든지 할 수 있다는 자신감을 찾아준 계기가 되었다. 전에는 아이들한테 구박을 받으면서도 감히 배워 볼 엄두를 내지 못하던 컴퓨터가 아니던가. 아니 나하고는 상관없는 먼 존재처럼 생각되던 컴퓨터가 이제는 둘도 없는 친구가 된 것이다.

그리고 많은 사람과 새로운 세상을 알게 되었다. 그러면서 아직 나에게도 남은 것이 있다는 걸 자각하게 되었다. 그동안 내가 잃은 것만 안타까워했지 남에게 줄 수 있는 사랑이 남았다는 생각은 미처 하지 못했다. 그리고 우리 주위에는 나보다 더 가난하고 힘든 이웃이 많다는 것에 눈뜨기 시작했다.

그런 인식에 눈이 떠지자 나의 생활에 활기가 돌기 시작했다. 그저 잃은 것의 집착에만 시달리던 일도 많이 줄어들었고, 괴롭기만 하던 마음도 조금씩 편해지기 시작했다. 이제 나는 컴퓨터뿐 아니라 어떤 새로운 것에도 도전할 수 있는 용기와 자신이 생겼다.

어느덧 노루 꼬리만큼 짧아진 햇살이 벌써 산자락에 어둠을 몰고 온다. 바람이 한바탕 불어오더니 그나마 남아 있던 잎사귀들이 우수수 떨어진다. 그러나 낙엽이 되어 떨어지는 것은 나무와 영원한 별리(別離)가 아니다. 그 나뭇잎들은 나무 밑에서 구르다가 썩어 나무의 자양분이 될 것이다.

1999. 11. 에듀텍 주최 컴퓨터 수강기 장원

열사(熱沙)의 모래 바람

작년 여름은 유난히 무더웠다. 몇 십 년만의 혹서라고도 하고, 지구가 점점 뜨거워져서 일어나는 기상 이변이라고도 했다. 그런데다가 가뭄까지 겹쳐서 농민들은 물론 모든 사람들의 가슴을 태우고 목마르게 했다. 우리 집 거실 한쪽에는 열사의 나라 '사우디아라비아'에서 가져온 장미석이라는 커다란 돌이 자리 잡고 있다. 하얀 받침대 위에 붉은 모래를 깔고 그 돌을 세워 놓았는데, 그 돌을 볼 때마다 숨막히게 덥던 열사의 나라를 생각나게 한다.

십여 년 전쯤 남편이 중동 지역에 나가서 근무를 하였었다. 나는 아이들 때문에 한국에 남아 있었는데, 어느 날 자기가 일하는 곳을 와 보고 싶지 않느냐면서 느닷없이 비행기표를 보내왔다. 그때만 해도 여자는 규제가 심한 아랍 쪽을 여행하기 쉽지 않은 일이어서 한참을 망설이다가 힘들게 수속을 마치고 남편에게로 향했다. 까다로운 입국 절차를 마치고 리야드 공항에 내리니 달려드는 열기로 숨이 막혀왔다.

남편의 편지로 그곳의 기온이 사십 도를 오르내린다는 것과 주차해 놓은 자동차 위에 계란을 깨뜨리면 반숙이 될 정도의 더위라는 것을 알고는 있었지만 막상 피부에 와 닿는 느낌은 생각보다 훨씬 더했다. 공항에서 남편을 따라 숙소로 가기 위해 차를 타고 두 시간 정도 달리는데, 사방은 가도 가도 풀 한 포기 없고 끝이 없는 사막뿐이었다. 시속 160km 정도의 속력을 내며 아스팔트 위를 한참 달리다 보면 길게 뻗어 있는 도로 위에 물이 홍건히 고여 있는 물웅덩이가 보였다. 그러나 막상 그곳에 가까이 다가가서 보면 물기라고는 전혀 없는 착시 현상이 나타나곤 했는데, 이런 것이 일종의 신기루 같은 것이 아닐까라는 생각이 들었다.

주베일이라는 항구 도시에 도착하여 남편이 기거하는 숙소에 도착하니 내가 정말 이방인이라는 사실이 현실감 있게 와 닿았다. 한낮의 마을은 너무 고요해서 사람 구경도 하기 힘들었고, 도시는 늘 정적 속에 잠들어 있는 것 같았다. 모든 건물의 창은 밖을 볼 수 없도록 차양을 쳐 놓았고 옥상의 담도 높게 쌓아서 전혀 거리를 내다볼 수가 없도록 해 놓았다.

아랍 쪽에서도 특히 사우디아라비아는 도덕적인 규제가 심해서 여자들은 모두 '차도르'라는 검은 천으로 얼굴과 몸을 가리고 다닌다. 또한 가족 제도도 우리나라와는 너무 달라서 처음에는 얼른 이해하기 힘들었다. 부부 관계는 일부다처제가 허용되어 남자는 여러 여자와 결혼할 수 있다고 한다. 다만 남자가 여자를 신부로 데려오기 위해서는 처가에 거액의 지참금을 주어야 하기 때문에 돈이 많은 남자는 서너 명의 부인을 둘 수도 있지만, 돈이 없는 남자는 평생을 홀아비로 늙는다고 했다.

가끔 도심에 나가면 너덧 명의 부인과 십여 명의 아이들을 함께 데리고 다니는 남자를 볼 수 있었는데, 너무 의아해서 왜 저렇게 함께 데리고 다니느냐고 물었다. 설명인즉 남편은 여러 부인에게 아주 공평해야 하며, 부인들은 절대 투기를 해서는 안 되는 것이 그곳의 도덕이자 불문율이라고 한다. 또한 시골의 농장에 가보면 수염이 허연 할아버지가 초라한 오두막집에서 장가도 못 가고 쓸쓸한 노년을 보내고 있는 것이 눈에 띄었다. 그 모습을 보며 그래도 우리나라 남자들은 행복하다는 생각이 들어 쓴웃음을 지었다.

어느 날은 남편이 일하고 있는 공사 현장을 둘러보게 되었는데, 한국에서 간 근로자들이 무더운 날씨에도 모두 열심히 일을 하고 있었다. 그런데 이상한 일은 숨이 막힐 정도의 무더위에도 그들은 모두 털모자를 쓰고 있는 것이었다. 그것도 머리에서 목까지 완전히 뒤집어쓰게 되어 있고 눈가에만 빠끔히 구멍을 뚫어 놓은 털모자였다. 그 이유가 너무도 궁금하여 물었더니 강한 자외선과 모래 바람을 막기 위한 궁여지책이라는 것이었다. 그 말을 곧 이해할 수 있었던 것은 잠깐 동안 공사 현장을 둘러본 내 모습은 온통 모래투성이었고, 입안은 작은 모래 알갱이들로 가득해 양치질을 하지 않으면 안 되었다.

물론 높은 임금의 일자리를 찾아 남의 나라에 온 근로자들이니 고

생은 되리라고 추측했지만, 뙤약볕 속에서 털모자까지 쓰고 일하는 그들의 모습은 매우 충격적이었다. 가족을 부양하기 위해 숨 막히는 더위와 모래 바람, 외로움을 극복하며 일하는 그들을 보니 가슴이 뭉클했다.

잠시 동안의 외유를 마치고 고국으로 돌아오는 비행기 안에는 귀국하는 우리 근로자들도 많이 타고 있었다. 그들은 시커멓게 탄 얼굴과 고생에 지친 모습임에도 가족들을 만날 수 있다는 기쁨에 들떠 있는 듯했다. 또한 비행기를 바꿔 타야 하는 공항 면세점에는 선물을 사려는 사람들로 북새통을 이루었다. 그들은 오랜만에 만나는 고국의 여자가 반가웠던지 내게로 몰려와서 여러 가지를 묻느라고 정신이 없었다. 여자들은 어떤 물건을 좋아하며 아내에게는 어떤 선물이 어울리는지, 자녀들의 선물은 어떤 것이 유익한지 물어댔다.

나는 그런 모습을 보며 '가족이란 무엇일까'라는 생각에 잠기게 되었다. 가족은 항상 가까이 있기에 그 소중함을 미처 느끼지 못하고 지낼 때가 많다. 그러나 저 사람들처럼 아무리 힘들게 일을 해도 가족을 위해서라면 즐거움을 느낄 수 있고, 자기가 가진 것을 아무리 주어도 아깝지 않은 관계가 가족이라는 생각이 들었다.

사실 남편에게 다녀오기 전에 나는 많이 지쳐 있었다. 한창 아빠를 필요로 할 나이의 아이들이 번갈아 잔병치레를 했고, 집안의 경조사 등 힘든 일들을 혼자 떠맡지 않으면 안 되었기 때문이다. 더구나 철 없고 감상적인 내 성격 때문에 투정도 많이 부리고 남편을 당황하게도 만들었다. 그러나 남편에게 다녀온 뒤로는 힘들고 어려울 때마다 털모자를 쓰고 열심히 일을 하던 그들의 모습을 떠올리곤 했다.

마치 장미꽃이 피어 있는 것 같다고 하여 '장미석'이라는 이름이 붙여진 이 돌은 오랜 세월 모래가 굳어져 기묘한 형태로 변했다고 한다. 무슨 인연으로 두어 사람이 들어야만 움직일 수 있는 이 돌이 대서양을 건너 우리 집까지 오게 되었는지 모른다. 그러나 돌을 볼 때마다 열사의 나라와 모래 바람을 떠올리게 되며, 또한 가족의 의미를 곰곰이 생각하게 된다.

1994. 6.

찔레꽃 향기

뒷산을 오르자니 어디선가 찔레꽃 향기가 은은하게 배어 나왔다. 어느 숲속에 숨어 있어 눈에 확 뜨이지는 않지만, 가만히 살펴보니 초록으로 엉켜있는 풀숲에 하얀 찔레꽃이 수줍은 듯 피어서 향기를 내뿜고 있었다. 화려하지는 않으나 떠나온 고향을 생각나게 하는 꽃. 그 꽃은 우리에게 많은 향기를 남기고 간 친구를 닮은 꽃이었다.

친구는 마치 새댁처럼 수줍게 배시시 웃고 있었다. 언제 저런 시절이 있었는가 싶게 앳되어 보이고 청초한 모습이었다. 그 모습 아래로는 예쁜 꽃바구니가 놓여있었는데, 하얀 찔레에 여러 가지 꽃을 섞어서 만든 화사한 꽃바구니였다. 마치 생일 축하라도 하듯 활짝 피어있는 꽃바구니가 이방인처럼 튀어 보였다. 그 밑에 보낸 사람의 이름이 없었다면 아마도 잘못 배달된 것으로 알만큼 그곳 분위기와는 어울리지 않는 꽃이었다.

평소에 친구가 좋아하던 꽃으로 바구니를 만들었다는 변명이 아니
더라도 굳이 형식에만 연연할 필요는 없다고 느꼈다. 양옆에 줄줄이
늘어선 흰 국화나, 근조(謹弔)라는 팻말을 부친 노란 꽃 화환이 아니면
어떠랴. 사람의 삶이 관습이나 정해진 형식에만 얽매일 필요는 없다
는 생각을 했기 때문일까.

친구는 영정 속에서 금방이라도 뛰어나와 덥석 손을 잡을 것만 같
았다. 스님의 독경소리가 끊어질듯 이어지며 구성지게 퍼져나갔다.
검은 상복을 입은 친구의 남편과 아이들이 그래도 의연하게 손님을
맞느라 분주하다. 지금은 아마도 갑자기 당한 일에 제대로 실감을 할
수가 없으리라.

우리는 종일 영안실 구석자리를 차지하고 앉아 지난 추억담을 이
야기를 하거나, 친구 생각을 하며 훌쩍거리는 일이 고작이었다. 그래
도 산사람은 먹기도 하고 마시기도 하면서 그렇게 의식(意識)을 차리
고 있었다. 어떤 사람들은 갑자기 친구를 잃은 슬픔에 목 놓아 울기
도 하였는데, 어쩌면 떠난 사람보다는 자기 설움에 겨워 구슬피 우는
지도 몰랐다.

봄 가뭄이 계속되어 대지는 타들어 가고 농작물이나 가로수까지
축 늘어져 비를 기다리던 따분한 초여름 날이었다. 한 친구한테서
"예순이가 중환자실에 있다."고 연락이 왔다. 이 무슨 날벼락 같은
말인가. 평소에 건강할 뿐 아니라, 며칠 전에도 친구들 모임이 있어
만났었는데... 믿어지지 않는 마음으로 중환자실에 들어서니 초췌해

진 친구의 남편이 앉아 있었다. 어찌된 일인지 상황 설명을 들으니, 저녁을 먹은 후 갑자기 머리가 아프다고 하더니 쓰러져서 병원에 옮긴 후 뇌수술을 받았다는 것이다. 수술이 성공적으로 끝나고 의식도 회복되어 한숨을 돌리고 있던 차에 다시 혼수상태에 빠져 의식을 못 차리고 있다는 것이었다.

잠깐 면회 시간을 틈타 중환자 실로 들어가니 친구는 몰라보리만큼 얼굴이 퉁퉁 부어있고 의식을 어디에 놓고 있는지 꿈속을 헤매고 있는 것 같았다. 그때부터 그는 삶과 죽음의 갈림길에서 사투(死鬪)를 벌리고 있었다. 사람이 살아 숨 쉬는 이승과 저승의 경계선은 얼마쯤이나 될까? 전설의 고향에서 본 것처럼 강을 건너고 구름 속을 지나야 하는 험난한 여정이라면, 제발 그 길에서 추락하거나 명부(冥府)에서 빠져 나와 이승으로 돌아오길 간절히 빌었다.

친구는 유난히 정이 많은 사람이었다. 부부 금실도 너무 좋아 친구들의 눈총을 받을 정도였으며, 더구나 아이들에 대한 애정도 유별나서 가끔은 마음에 상처를 받곤 했다. 맏며느리로서 까다로운 시어머님을 모시고 살긴 했지만, 의사 말처럼 스트레스를 받아서 뇌출혈이 될 만한 이유는 없으리라고 생각했다. 일주일이 넘도록 친구가 병원에서 사투를 벌이는 동안 건강한 사람들이 할 일이란 너무도 미미한 일들뿐이었다. 그저 중환자 대기실에 앉아 환자가 깨어나기만을 기다리던가, 전지전능한 신에게 혹은 각자의 종교에 따라 기도를 하는 일뿐이었다. 의사의 한마디에 따라 실낱같은 희망을 가지다가는 또 절망의 나락으로 빠지기도 했다.

주위 사람들은 점점 지쳐가기 시작했다. 나중에는 친구가 다시는 회복할 수 없다고 해도 눈이라도 한번 뜨고 보고 싶어 하는 이들에게 작별의 인사라도 하고 가기만을 빌었다. 그러나 결국 친구는 한마디 말도 없이 저 세상으로 가버리고 말았다. 그렇게나 사랑하는 남편과 아이들을 남기고 어떻게 생명줄을 놓아 버렸을까. 친구를 저 세상으로 보내 놓고 나는 여러 날을 앓았다. 혈압이 계속 오르면서 매사에 의욕이 없고 사는 것이 너무도 허망하였다.

그동안 친구들의 모습을 보면서 내가 늙어 가는 것을 느낄 수 있었고, 친구가 힘들어하는 것을 보며 비슷한 동류(同類) 의식을 느꼈는지도 모를 일이었다. 더구나 IMF가 오고 비슷한 경제적 어려움을 겪으며, 서울에서 수도권으로 같이 이사를 오면서 우리는 서로 동병상련(同病相憐)의 상처를 위로하곤 하였다. 나에게 부디 용기를 잃지 말라고 말하면서도 그는 늘 명랑하고 당당한 모습을 보이곤 했다.

날씨가 점점 초여름으로 치달으면서 화려하던 장미꽃도 시들기 시작했다. 오후쯤 쉬엄쉬엄 집 뒤에 있는 산을 오르려니 어디선가 찔레꽃의 향기가 은은하게 발목을 붙잡는다. 꽃향기를 맡고 있자니 장사익이란 가수가 부른 "찔레꽃"라는 노래가 생각난다.

하얀 꽃 찔레꽃/ 순박한 꽃 찔레꽃/ 별처럼 슬픈 찔레꽃/ 달처럼 서러운 찔레꽃/ 찔레꽃향기는 너무 슬퍼요/ 그래서 울었지 밤새워 울었지/ 찔레꽃 향기는 너무 슬퍼요/ 그래서 울었지 목 놓아 울었지/

끊어질 듯 흐느끼며 애절하게 이어지는 찔레꽃이란 노래를 친구에게도 들려주고 싶다. 친구여! 이제는 이승의 집착과 미련을 모두 버리고 저 세상에서 편히 영면하시게.

2001. 8.

3

푸른 강물처럼

모처럼 하늘은 쾌청하게 맑아서 마치 가을 하늘처럼 높아 보였다. 한강변에는 지루하던 장마가 잠시 주춤한 사이를 틈타 운동을 즐기려는 사람들로 점점 활기를 띠고 있었다. 축구나 농구공을 들고 나와 파란 잔디밭에서 시합을 벌이는 젊은이들의 "우아!" 하는 함성이 활기차게 들리고, 병아리 같은 유치원생들을 데리고 나온 선생님의 호루라기 소리도 마냥 경쾌하다.

눈부신 햇빛을 온몸으로 받으며 짧은 옷만 입은 채 달리기를 하거나, 곡예하듯 속도감을 즐기며 인라인을 즐기는 젊은이들로 한강변은 북적이기 시작했다. 생동감 넘치는 분위기에 휩쓸리듯 나도 힘껏 페달을 밟는다. 등줄기에는 벌써 흥건히 땀이 흘러내리지만 시원한 바람이 기분 좋게 온몸을 스치며 지나간다.

재작년 이맘때였다. 자전거를 가르쳐주는 곳이 있는데 배워보지 않겠느냐고 친구에게서 전화가 왔다. '이 나이에 자전거는 무슨…' 하고 처음에는 대수롭지 않게 생각하다가 '정말 자전거를 배우면 나도 잘 탈 수 있을까?'라는 호기심이 일었다. 아이들이 아주 어릴 때 자전거를 사주면서 나도 배워 보려고 한 적이 있었지만, 몇 번 넘어지고 나서는 아예 포기하고 말았다.

그런데 오십도 훨씬 넘은 나이에 용기를 내게 된 것은 어떤 용감한 어머니의 감동적인 모습 때문이었다. 재작년쯤 볼일이 있어 한동안 아침에 운전을 한 적이 있었다. 그런데 매일 같은 장소에서 길이 막히고 차가 서행을 하면서 만나게 되는 모녀가 있었다. 나이가 꽤 들어 보이는 중년의 여인이 여고생을 자전거 뒤에 태우고, 밀려 있는 차들의 사이를 유유히 빠져나가 배짱 좋게 달리는 것이었다.

그녀는 아마도 매일 딸을 학교까지 데려다 주는 모양이었다. 가끔 난폭한 오토바이가 운전자들을 놀라게 하며 차 사이를 빠져나가는 것은 보았지만, 자전거로 덩치 큰 딸을 태우고 곡예하듯 지나가는 모습은 경탄을 금치 못할 일이었다. 아마도 학교가 교통이 불편한 곳에 있거나 시간에 쫓기는 아이를 위해 그런 모험을 하는지는 몰라도 거룩한 모정(母情)이 아니고는 도저히 할 수 없는 위험천만한 일이었다.

처음에는 조마조마한 마음으로 그들을 지켜보다가 날쌘 제비처럼 밀려 있는 차 사이로 빠져나가는 두 모녀의 모습에 나는 눈물겨운 모성애와 알 수 없는 경이로움에 감동을 받곤 했다. 그리고 한편 능숙하게 자전거를 타는 중년 여인이 위대하게 느껴지기도 했다. 친구의 말을 듣고 불현듯 그녀를 떠올리자 나는 자석에라도 이끌리듯 용기를 내어 자전거를 배우기로 했다.

우리 집에서 한참 먼 암사동 한강변으로 나가 뜨거운 뙤약볕에 땀을 흘리면서 일주일을 버티자 조금씩 균형이 잡혀가며 마침내 자전거에 익숙해졌다. 그러다가 정말 신기하게도 혼자서 두 바퀴로 달리게 된 것이다. 마치 어린아이가 걸음을 뗄 때처럼 얼마나 자신이 대견한지 엉덩이가 쓰리고 아픈 것도 잊을 지경이었다.

그 후 틈이 날 때마다 나는 한강변에 나가 열심히 자전거를 탔다. 자전거를 타다가 넘어져서 무릎이 깨지고 팔이 삐어도 결코 포기하지 않았다. 처음에는 그저 자전거를 배워 동네 한 바퀴를 돌거나 장이라도 볼 양으로 배운 자전거였지만, 차츰 그 매력에 빠져들어 점점 욕심이 생기기 시작했다. 더구나 자전거를 가르쳐준 곳에서 취미로 자전거를 즐기는 동호회를 운영하고 있었다.

나는 그들을 따라 여러 곳을 다니며 자전거를 안전하게 타는 요령과 기술을 배웠다. 급한 커브길이나 높은 언덕을 오르내릴 때의 기어 작동법을 배웠고, 펑크가 났을 때의 간단한 수리법도 익힐 수 있었다. 그리고 한강뿐만이 아니라 계절마다 아름다운 여러 코스를 돌며 자연이 주는 감동과 혜택을 만끽하였다.

자전거를 타고 나서 천호대교부터 행주대교까지 21개의 다리가 있는 한강변은 물론이거니와 양평이나 남한산성 자락을 돌며 운치 있는 오솔길을 익혔고, 춘천의 호숫가를 달리며 물안개가 피어오르는 것을 감상하기도 했다. 벚꽃이 만개할 때는 하늘거리는 꽃비를 맞으며 전주 군산 간 백리 길을 달렸으며, 손에 잡힐 듯 바라다 보이는 북한 땅과 출렁이는 바다를 보며 강화도를 돌기도 했다.

이렇게 좋은 경치나 멋있는 풍광은 드라이브를 하거나 차 안에서 보는 것과는 아주 느낌이 달랐다. 힘들여 페달을 돌리고 땀을 흘리고 나서 볼에 와 닿는 공기나 바람은 볼을 간질이는 여인의 숨결 같았다.

자전거를 타고 나서 건강도 많이 좋아지고 체력도 늘었지만 무엇보다 달라진 것은 삶에 대한 적극적인 자세였다. 그저 방관자처럼 모든 것이 시들하던 세상이 새로워 보이고 다시 아름다워 보이기 시작했다. 한때는 극도의 절망감에 빠져 무력감에 시달리던 내가, 딸을 태워다 주던 전사(戰士)와 같은 중년 여인처럼 씩씩하고 용감해진 것이다. 그리고 나이에 상관없이 무엇이든지 마음만 있으면 할 수 있다는 용기도 생겼다.

오늘도 나이 30대부터 70대까지 있는 우리 동호회원들은 몸에 꼭 붙는 바지와 원색의 유니폼을 입고 줄지어 한강변을 신나게 달려간다. 내년쯤에는 체력을 키워 자전거로 전국 일주를 꿈꾸는 그들에게 누가 노인들이라고 손가락질을 하겠는가. 나도 삶의 애환(哀歡)과 고뇌의 짐을 잠시 풀어 놓고 푸른 강물을 보며 힘차게 페달을 밟는다.

2003. 7.

아들에게 보내는 편지

내일이면 드디어 아들이 혼례식을 올리게 된다. 며느리가 될 아이 집에서 택일(擇日)을 하여 보낸 후 초조하게 기다린 몇 달이 지나고, 그날이 바로 내일로 다가온 것이다. 이제 하루만 지나면 아들은 평생의 반려자를 만나 백년가약(百年佳約)을 맹세하고 어른이 된다. 항상 철부지 같던 아들이 어느덧 자라서 제 가정을 꾸린다고 생각하니, 대견하기도 하고 한편으로는 섭섭한 마음도 든다. 이제 아들은 부모 품을 떠나 제 둥지를 만들고, 가족을 거느릴 가장이라는 책임을 평생 져야 하리라.

아들의 짐을 이것저것 정리하다가 오래된 사진첩을 꺼냈다. 거기에는 아들이 처음 세상의 빛을 보던 날, 새빨간 얼굴로 울음보를 터뜨리는 모습에서부터 통통하게 살이 오르며 목욕을 하는 장면, 엄마 젖을 빠는 모습 등이 육아 일기와 함께 실려 있었다. 우리 부부에게 처음으로 경이와 신비로움으로 다가와 부모가 되는 기쁨을 안겨주던 모습들이었다.

그다음에는 아장아장 걸음마를 배우며 벌인 돌잔치의 정경과, 개구쟁이가 성장하는 모습들이 타임머신을 타고 세월을 뛰어넘어 고스란히 담겨 있었다. 언제 이런 시절이 있었던가 싶게 아이는 천진하고 귀여웠다. 방을 치우던 일도 잊어버리고 마냥 사진첩에 빠져서 추억에 젖어 있다가 나는 그만 심장이 멈춰지듯 흠칫 놀라고 말았다.

거기에는 너무 놀라고 가슴 아픈 사진이 들어 있었기 때문이었다. 아이가 여섯 살이 되던 해 가을, 아들은 안대를 하고 누워서 울고 있었다. 멜빵바지의 어깨 끈은 모두 풀어져 있고 얼굴은 고통으로 일그러져 있었다. 아마도 추석날 아파서 아무 곳도 못 가는 아이를 달래려고 장난삼아 찍어둔 사진 같았다. 오랜 세월 잊고 있었던 이 사진이 그동안 어디 숨어 있다가 튀어나와서 나를 놀라게 하는 것일까.

이십여 년의 세월이 흘렀건만, 그때의 고통이 생생하게 전해져 오며 가슴이 아파왔다. 아들은 한창 귀엽던 여섯 살 때, 장미 가시에 찔려 한쪽 눈을 잃었다. 옆집 친구네 집에 놀러갔다가 사소한 다툼 끝에 꽃밭에 넘어졌는데, 그만 장미 가시에 눈을 스친 것이었다. 처음에는 사소한 것 같던 상처에 장미의 독이 퍼지고 염증이 진행되면서 아이는 끔찍한 고통에 몸부림쳤다.

진통제가 무엇인지도 모르는 조그만 아이가 "엄마, 눈이 너무너무 아파요. 제발 주사 좀 놔주세요."라고 울부짖을 만큼 통증이 지독했다. 그런 고통을 보름 동안이나 지켜보면서도 우리는 실낱같은 희망을 버리지 못하고 아이와 같이 몸부림쳤다. 결국 모든 치료에도 불구하고 아이가 수술을 받던 날 아이와 더불어 내 인생도 평생 먹구름이 끼고 영영 햇빛을 볼 수 없을 것 같았다.

그 후 나는 모든 것을 잃었다는 상실감과 자책감에 오랫동안 괴로워했다. 그리고 무성한 소문에 시달리고 사람에게 상처받으며 세상과 담을 쌓고 칩거했던 몇 년 동안은 지옥 같은 나날이었다. 그때 나를 고통에서 구원해준 계기가 생겼다. 『여성동아』에서 '쓰고 싶은 이야기'라는 수기 모집이 있었고, 골방에 틀어박혀 사흘 밤을 꼬박 지새우며 원고지 100장을 쓰면서 나는 다시 태어나고 있었다.

글을 쓰면서 눈을 뜰 수도 없을 만큼 울었고, 그 눈물 속에 모든 미움과 원망을 녹여 내며 참회를 했다. 그리고 모든 사실을 있는 그대로 받아들이고 인정을 하자, 나를 묶고 있던 아집과 속박에서 비로소 자유로워질 수기 있었다. 또한 고통을 회피하려 하지 않고 직시하면서 모든 체면이나 두려움에서 벗어날 수가 있었다.

「나는 너에게 낙엽이 되리」라는 그 글이 운 좋게 당선이 되고 세상에 알려지면서 나는 많은 위로와 격려를 받았다. 혼자 황량한 벌판에 서 있던 내가 세상에 손을 내밀자 많은 사람들이 따뜻하게 손을 잡아주었다. 다시 세상과 화해하면서 나는 조금씩 성숙해졌다. 그 일이 계기가 되면서 나는 글을 쓰기 시작했고, 이제 문단의 말석(末席)에서나마 수필을 사랑하는 사람이 되었다.

그러나 아이가 자라면서 많은 문제에 부딪힐 때마다 얼마나 남모르게 눈물을 흘렸는지 모른다. 부모의 지나친 염려 때문에 혹시 나약

한 아이로 자라는 건 아닐까 노심초사했으며, 사춘기를 겪으며 아이
가 방황할 때는 자신을 비관하고 잘못되는 건 아닐까 마음을 졸였다.
우리 부부는 아이에게 일부러 초연(超然)해지려 애썼고, 자립심을 키
워 주려고 노력했다.

우여곡절이야 많았지만 다행히 아들은 바르고 씩씩하게 커 주었
다. 그리고 예쁜 아가씨를 만나 칠 년 동안 사랑을 키워 왔다. 내일이
면 오래 다져온 사랑이 부부로 결실을 맺고 더 큰사랑으로 키워 나가
야 할 것이다. 어쩌면 부부가 함께 가는 인생의 여정은 아들이 지금
까지 혼자 겪은 고통보다도 더 힘들고 긴 여행이 될지도 모른다.

"아들아! 이제 너는 부모의 품을 떠나 어른이 되는 것이다. 우리가
너를 사랑했듯이 너도 네 아내를 믿고 사랑하고 의지하면서 험난한
세상을 잘 헤쳐가기 바란다. 네 머리맡에 항상 붙여 놓았던 맥아더
장군의 기도문, '깨끗한 마음 높은 목표'로써 스스로를 다스릴 줄 알
며 위대함은 소박한 것에 있고 참된 힘은 너그러움에 있다는 것을
항상 마음에 새기도록 하렴."

인생의 새 출발을 하는 아들과 며느리가 평안(平安)에 안주하지만
말고 부디 역경에도 극복할 수 있는 건강한 사람이 될 수 있기를 마
음속으로 간절히 빌어본다.

2001. 10.

영양 보충

오늘은 친구들 모임이 있어 오랜만에 명동에 나갔다. 25년 전에 한 동네에 살면서 신앙생활을 통해 가까워진 친구들인데, 세월이 지나다보니 모두 동서남북으로 뿔뿔이 흩어져 살게 되었다. 나처럼 수도권에 살고 있는 사람도 있고 신도시에 사는 사람도 있다 보니, 자연히 교통도 편하고 거리상 중심 지역인 명동에서 만나곤 한다.

원래 명동이란 지역은 직장인이나 젊은이들이 활보하기 좋은 거리지, 중년의 아줌마들과는 어울리지 않는 곳이다. 나이든 사람들이 만날 장소나 식사를 할 곳도 마땅치 않거니와 조용히 차를 마시며 담소를 나눌 찻집도 별로 없어 다른 곳을 찾았지만, 여러 사람의 교통문제 때문에 결국은 다시 명동으로 오고 말았다.

오늘도 우수가 지났건만 늦추위가 기승을 부려 제법 쌀쌀한 날씨였다. 우리는 우선 돈이 안 드는 은행의 대기실에서 만난 다음 점심을 먹는데, 항상 무엇을 먹을까 정하는 것이 고민이다. 다행히 직장인들의 점심시간이 끝나 음식점의 바쁜 시간은 지났지만, 그래도 일곱 명이 느긋하게 앉아서 먹을 수 있는 공간은 그리 흔하지 않았다.

누군가 오늘같이 추운 날은 뜨끈한 삼계탕도 좋을 것 같다는 의견에 우리 일행은 오랜 기억을 되살려 충무로에 있는 영양센터를 찾아갔다. 귀청이 찢어질 듯한 음악 소리와 상인들의 마이크 소리를 뚫고 충무로 거리를 지나니 주변의 번쩍거리는 쇼윈도의 화려한 색상과는 전혀 어울리지 않는 영양센터 건물이 보였다. 그때의 반가움은 오랜만에 고향 동네에 온 느낌이었다. 현대식 상가들 사이에 아직 이런 음식점이 건재하다는 것이 그렇게 신기할 수가 없었다.

얼마 만에 와보는 영양센터인가. 유리창 너머로 닭을 나란히 끼워서 굽고 있는 모습도 그대로이고 음식점 안의 풍경도 옛날과 별로 달라진 것 같지 않았다. 음식을 주문하고 나서 우리의 화제는 자연스럽게 지난 추억 속으로 빠져들었다. 이 골목 안에는 어떤 음악 감상실이 있었으며, 어느 호텔 커피숍의 분위기가 좋았다느니 하며 30여 년의 세월을 거슬러 올라가 희미해진 기억을 되살리느라 모두 흥분해 있었다.

나에게도 이곳은 잊을 수 없는 추억의 장소이다. 60년대 말, 명동 입구에서 직장 생활을 하던 나에게 청춘의 감성과 객기를 부추겨주던 곳이 바로 충무로 거리이다. 커피 한 잔을 놓고 몇 시간씩 인생을 논(論)하고 음악을 들으며 눈물을 찔끔거리게 하던 곳이며, 이룰 수 없는 꿈과 힘든 사랑에 아파하며 방황하던 동네이기도 했다.

그리고 그 시절 가난한 학생과의 데이트는 두 사람의 주머니 사정 때문에 늘 아슬아슬하고 조마조마했다. 군복을 시커멓게 물들여 입은 작업복에 채권 장수 같은 커다란 책가방을 옆에 끼고 심각한 얼굴로 그가 나타나면, 나는 누가 볼세라 가슴이 콩닥거렸다. 그런 내 마음은 아랑곳하지 않고, 그는 시간만 나면 달려와서 내가 나올 때까지 몇 시간이고 기다렸다. 불확실한 미래에 대한 걱정과 힘겨운 자취생활로 그의 볼은 움푹 꺼져 있었으나, 눈빛만은 늘 매섭도록 진지했다.

그런 모습이 하도 안되 보여서 내가 월급이라도 타는 날이면 영양 보충을 시켜준다며 한껏 호기를 부리며 오던 곳이 바로 이 영양센터이다. 닭 한 마리에 영양이 있으면 얼마나 있었겠는가만 그래도 맛있게 닭을 먹는 그의 모습을 보고 있으면 왜 그리도 마음이 흐뭇했는지 몰랐다. 게다가 어느 때는 자랑을 하고 싶었던지 느닷없이 친구들까지 데리고 와서 나를 당황하게 만들었다. 그때는 한 달에 한 번이나 먹어 보는 통닭이 어쩌면 그리도 맛이 있던지 월급날을 손꼽아 기다리기도 했다.

그러던 그가 졸업 후 취직이 되고 경제적으로 안정이 되자 우리는 슬그머니 영양센터를 잊어갔다. 아마 그때는 그곳보다 더 좋고 맛있는 곳에 갈 수 있었기 때문일 것이다. 그는 그동안의 신세를 갚기라도 하려는 듯, 다른 곳으로 부지런히 나를 끌고 다녔다. 그러면서 싸우고 화해하며, 헤어지고 만나던 6년의 씨름 끝에 우리는 결국 결혼을 하였다. 35년이 지난 지금도 남편의 친구들을 만나면 그때 영양보충을 해주었기에 지금까지 건강할 수 있다며 농담들을 하곤 한다. 모두 가난하던 시절의 추억이기에 더욱 잊지 못하는 것 같았다.

요즘은 그런 이야기가 믿어지지 않을 정도로 모두 영양 과잉 상태에 살고 있다. 그래서 어떻게 하면 양껏 먹고도 살이 찌지 않는 메뉴가 없을까 고심들이다. 우리 세대만 해도 요즘은 통닭 같은 것은 잘 먹지 않는다. 그런데 오늘은 삼계탕을 먹고 나서도 추억의 통닭 맛을 보자며 기어이 한 마리를 주문해 먹어보더니 모두 옛날 맛이 아니라고 한다. 그도 그럴 것이 한 곳에서 40년을 이어 온 음식 맛이야 어디 가겠는가만 우리의 입맛이 많이 변했기 때문이다.

나는 물론이고 홀쭉하던 남편도 지금은 허리 둘레를 걱정해야 하는 나이가 되었다. 그동안 우리의 몸은 영양 과잉 상태가 되었지만 젊은 시절의 불타던 패기와 열정은 시들고 의욕마저 사라진 초로(初老)의 길목에 와 있는 것이다. 어쩌면 요즘의 우리는 정신적으로 영양실조에 걸려 있는지 모르겠다. 아직은 할 일도 많고 하고 싶은 것도 많은데, 그저 무디어진 감성으로 타성에 젖어 살고 있으니 말이다.

이제 우리에게 영양 보충이 필요하다면 그것은 육체가 아니라 정신적인 곳에 영양을 불어넣어야 하리라. 노년에 외롭지 않고 아름답게 늙기 위해서는 책도 많이 읽고 여행도 많이 하고 남의 이야기도 귀 기울여 들어야 할 것이다. 또한 자신만이 아니라 남도 사랑할 줄 알고 그 사랑을 실천할 줄도 알아야 하지 않겠는가.

2004. 12.

고독한 바다의 나그네

첫사랑의 기억, 그것은 보랏빛처럼 아련하고 애 틋하며 그리고 아픈 기억이다. 그 기억을 더듬어 글을 쓰려니 새삼스레 마음이 설레고 가슴이 아려온다. 그를 생각하면 어쩐지 앨런 포우의 「애너벨 리」란 시가 연상처럼 떠오른다. 바닷가 왕국에서 쓸쓸하게 죽어간 애너벨 리가 어쩌면 그를 많이 닮은 것 같아서이다.

T와는 어릴 때부터 한 동네에서 컸다. 학년은 나보다 한 학년 위였지만 나이는 두 살이나 많았다. 하지만 어릴 적의 그 애는 항상 멀찍이 서서 나의 동경의 대상이 되었을 뿐, 다른 애들처럼 같이 장난을 한다거나 놀이를 할 때 끼는 법이 없었다. 그 아이의 집은 우리 동네에서 제일 부자인 파출소장 집이었고, 딸이 다섯이나 있는 딸부자 집의 금쪽 같은 외아들이었다. 그 아이는 학교에서 공부도 잘한다고 하였고, 생김새도 훤칠해서 그런지 부잣집 도련님 티가 제법 흘렀다.

한 동네에 살았지만 어쩐지 나하고는 다른 세계에 살고 있는 것 같아 말을 붙이기도 어려웠다.

내가 중학교 2학년에 올라갈 때쯤이었던가, 그 아이의 엄마와 우리 엄마는 한 동네에서 아주 가깝게 지내셨는데, 어느 날 그 집에 엄청난 일이 생겼다. 귀부인처럼 해사하고 아름다웠던 그 아이의 엄마가 느닷없이 아이들을 두고 집을 나간 것이었다. 그 후로 동네에는 이상한 소문이 무성했다. 갑자기 엄마를 잃은 여섯 아이들은 울고불고 하였고, 아이들 아버지는 매일 술을 마시며 폐인이 되어 가고 있었다. 우리 엄마는 아이들이 불쌍해서 반찬이나 김치를 해 가지고 그 집을 들락거리셨고, 그 집 큰언니는 걸핏하면 우리 집으로 달려와 도움을 청하곤 했다 한 집안이 몰락하는 것은 정말 순식간의 일이있다.

드디어 그 애 아버지는 먼 섬으로 좌천을 당했으나, 아이들은 그래도 집을 지키며 끈질기게 엄마가 돌아오기만을 기다렸다. 졸지에 고아 아닌 고아가 되어버린 아이들은 우리 엄마에게 많은 것을 의논하며 의지하게 되었다. 엄마도 아이들이 측은해서 그 집에 자주 드나들다 보니, 아이들과 정이 많이 들었다. 그와 나도 자연스레 오누이 같은 관계가 되고 말았다.

어느덧 몇 년이 흘러 아이들의 지주였던 큰언니가 고등학교를 졸업하더니 도피하듯 결혼을 해버렸다. 실질적인 가장이 되어버린 그 애는 동생들의 학비와 생활비를 보태느라 휴학을 한 채, 비참한 학창시절을 보내고 있었다. 더는 두고 볼 수 없도록 수척해진 그와 동생들을 구하는 길은 한 가지 방법밖에 없었다. 그동안 새아내를 맞아 마음이 변해버린 것 같은 아버지에게로 아이들을 보내는 길이었다. 엄마와 나는 오랫동안 그를 설득하였다.

우리의 뜻을 받아들여 그 애 식구들이 섬으로 떠나던 날, 엄마와 나는 참 많이도 울었다. 그때부터 그는 마음에 들지 않는 새엄마와 변해버린 아버지 밑에서 울분을 참으며 현실과 싸우기 시작했다. 친구라고는 철썩이는 푸른 바다와 갈매기뿐이라고 했다. 그는 늘 바다에 나와 시간을 죽이며 삶을 포기해 간다고 했다. 쓸쓸한 바다의 왕국(kingdom by the sea)에서 고독한 나그네의 독백은 이틀이 멀다 하고 나에게 날아왔다. 한창 감수성이 여리고 예민하던 나의 심장을 고동치게 하던 아름다운 편지들이었다. 그 글들은 마술처럼 나를 아프게도 하고 마구 설레게도 하였다. 나는 그에게 위로가 되고 싶었고, 그의 삶의 등대가 되어주고 싶었다.

우리의 우정 어린 편지들이 점점 다른 감정으로 변해갈 즈음, 갑자기 통신이 두절되고 말았다. 그를 아들처럼 좋아하셨지만 혹시 장래의 사윗감이라도 될까봐 엄마가 지레 겁을 먹고 우리의 편지를 모두 압수하여 불태워버린 것이다. 그리고 다시는 연락을 하지 못하게 만들었다. 그때의 실망과 분노와 안타까움은 나를 몹시도 아프게 했지만, 그 아픔은 또한 나를 훌쩍 성숙하게 만들었다.

그래도 시간은 가서 몇 년의 세월이 흘렀고, 그와의 아픔은 세월의 마술 앞에서 점점 무디어 갔다. 나는 학교를 졸업하고 다른 남자를 만나 그의 끈질긴 사랑 앞에 굴복하게 되었다. 그 남자와 오랜 기간

사귀다가 결혼을 몇 달 앞둔 어느 겨울이었다. 몰라볼 만큼 어른이 되어버린 그가 우리 집으로 찾아왔다. 그리고 오랜 세월 동안 꿈꾸어 오던 결심이라며 나에게 청혼을 하는 것이었다. 그동안 내 앞에 나서기 위해 이를 악물고 노력했다고 하였다.

그러나 운명은 그를 기다려주지 않았다. 너무 늦어버린 현실 앞에서 그는 울먹이고 돌아서며 진심으로 나의 행복을 빌어 주었다. 나도 그가 착하고 예쁜 신부를 만나 그동안의 아픈 상처를 치유 받으며 행복하게 살기를 진심으로 빌었다.

삼십여 년이 지나 지금은 반백이 되었을 고독한 나그네. 그러나 그는 지금도 어디에선가 내가 행복하기를 빌어 주고 있을 것 같다.

2000. 10.

잔혹한 역사 앞에서

그날 따라 햇볕은 작열하듯 따갑게 내리쬐고 있었다. 빨간 벽돌 건물이 줄지어 있는 정문 앞에는 철제로 된 간판이 붙어 있었는데 "일을 하면 자유로워진다."라는 문구가 폴란드어로 적혀 있었다. 그것은 독일 나치들이 유태인들을 죽이는 날까지 노동 현장으로 끌고 가서 효과를 극대화시키기 위해 내건 표어라고 한다. 동유럽 관광길에 포함된 폴란드의 아우슈비츠 수용소에 도착하니 몇 년 전에 본 영화 <쉰들러즈 리스트>가 생각나며 어쩐지 잔뜩 긴장이 되었다.

안내자를 따라 정문을 통과하니 수용소로 쓰였던 28동의 건물이 세 줄로 나란히 서 있었다. 첫 번째로 들른 곳은 증거관으로, 수용자들이 입고 있던 푸른 줄무늬의 죄수복과 그들이 사용하던 식기나 스푼 등이 전시되어 있었다. 그 외에도 안경, 칫솔, 가방 같은 수많은 소지품들이 당시의 비극을 말해주고 있었다. 그런가 하면 어느 방에는 유태인들을 학살하기 위해 나치들이 개발했다는 티크론 가스통이 수북하게 쌓여 있었다. 그 조그만 깡통 하나가 400명을 죽일 수 있는 살인 무기였다니 저절로 소름이 끼쳤다.

나치의 홀로코스트로 불리는 유태인 말살 정책은 히틀러의 티 케이 작전에서부터 시작되었다고 한다. 처음에는 생존 가치가 없는 심신장애자 20만 명을 죽였는데, 경제 대공황에도 불구하고 경제권을 쥐고 있는 유태인들을 독일의 국민감정에 악용(惡用)하여 대량 학살로 합리화시킨 것이다. 유럽뿐 아니라 세계 각국에 퍼져 있던 유태인들은 유토피아와 같은 집단 이주 시설을 만들었다는 나치의 꼬임에 속아 모두 폴란드로 몰려든다. 원래 아우슈비츠는 폴란드어로 '축복받은 땅'이라고 하는데, 유태인들의 끔찍한 지옥에서 지금은 전 인류은 성지(聖地)로 바뀐 것이다.

더구나 나치들은 유태인들에게 모든 재산을 정리하여 될 수 있는 대로 가볍게 들고 오도록 하여 사람들은 그 당시 유행하던 가죽 트렁크 하나만 달랑 들고 온 사람들이 대부분이었다. 유태인들이 꿈에 부풀어 아우슈비츠에 도착하자마자 그나마 노동력이 있는 사람들은 수용소에 남기고, 그렇지 못한 사람들은 모든 소지품을 빼앗긴 채 샤워실이라고 속인 가스실로 직행하여 곧바로 독살되고 말았다. 증거관에는 그들이 샤워만 끝나면 곧 다시 찾기 위해 자신의 이름을 크게 써넣은 가죽 가방들이 산더미처럼 쌓여 있었다.

발길을 옮기면 옮길수록 더 처참한 광경들을 볼 수 있었는데, 형벌

시설이 있는 11동이었다. 반복해서 2만 명을 죽일 수 있다는 죽음의 벽, 사방 1미터밖에 안 되는 공간에 4명씩 집어넣어 며칠씩 서 있는 고문을 한 '서 있는 방', 샤워를 시킨다고 한꺼번에 400명씩 집어넣어 살포하던 가스실 등이 참혹한 역사를 말해주었다. 지금은 비록 조용하지만 귀를 기울이면 그때의 아비규환이 들리는 듯하고, 벽에는 안간힘을 쓰며 죽기 전까지 낙서로 필사의 항거를 나타내는 흔적을 남겨 놓았다. 그런 곳들을 보고 나니 분노와 경악을 넘어 머리가 텅 비는 것 같았다.

네 번째 블록에는, 나치들이 유태인의 머리에서 잘라낸 머리카락이 7톤이나 쌓여 있었다. 그것은 1945년 소련군이 아우슈비츠를 해방시키고 찾아낸 것이라고 하는데, 그중에는 어린 소녀들의 땋은 갈래 머리도 있어 눈시울을 뜨겁게 하였다. 어린아이들의 머리카락까지 잘라내어 카펫을 만들었다니 아무리 전쟁으로 인한 집단적 광기(狂氣)라곤 하지만 "인간의 잔혹성이 과연 어디까지일까"라는 의구심이 들었다. 더구나 생체 실험을 하기 위해서는 순진무구한 어린아이들을 이용했다니, 초점 없는 아이들의 사진을 보며 온몸에 전율이 일었다.

물론 전쟁과 싸움으로 서로를 죽이고 죽는 역사는 인류가 살아오는 동안 수없이 행해지고 지금도 계속되고 있다. 하지만 무고한 사람과 노인들, 심지어 어린아이까지 합쳐 600만 명을 죽였다니, 아우슈비츠는 살육의 현장이요, 살인 공장이 아니고 무엇이겠는가. 지금의 그곳에는 독일인이나 유태인뿐 아니라 전 세계인이 참혹한 역사의 현장을 보려고 끊임없이 찾아오고 있다.

몇 년 전, 중국 땅을 관광하다가 남경에 들렀다. 그곳에도 일본인의 만행을 알리기 위해 만들어 놓은 '남경대학살기념관'이 있었다. 1937년 12월 일본군은 중국의 난징에서 양민 대학살을 자행하였는데, 백기를 든 포로는 물론 수만의 젊은이들과 어린아이들까지 무차별 살상을 가하여 30만 명이라는 희생자를 냈다. 며칠 사이에 시체는 산더미처럼 쌓이고, 시뻘건 피는 개천을 이루어 항주까지 흘렀다고 한다.

기념관에는 안이 훤히 들여다보이는 유리방에다 산처럼 쌓인 해골들과 갖가지 유골을 전시해 놓았다. 그리고 일본군의 잔혹성을 알리기 위해 그 당시 학살 장면의 사진과 증거품을 전시해 놓고 있었다. 그 끔찍한 살생이 단순히 중국인들에게 겁을 주기 위해서라니, 일본인들의 만행에 치를 떨 수밖에 없었다. 간혹은 일본 사람들도 찾아와 조상들의 죄업(罪業)을 빌기 위해 사죄의 뜻으로 종이학을 접어놓고 간다지만 아직도 일본은 그 사실 자체를 부인하며 사건을 은폐하고 있다고 한다.

하기는 일본군의 잔인함을 우리만큼 잘 알고 피해를 본 민족도 드물 것이다. 일제 36년 동안 그들이 우리에게 저지른 짓은 얼마나 처참하고 천인공노(天人共怒)할 일이었던가. 전쟁 위안부를 비롯해 '마루타'란 생체 실험 희생자까지 수없이 많지 않았던가. 그러나 아쉽게도 우리나라에는 그들의 잔혹성을 알리고 증거로 남길 수 있는 곳이 얼마 되지 않는다.

살육의 현장에서 살아남은 자는 상처를 치유할 수는 없되, 진실을 전달할 수 있는 증언자가 되어야 한다. 그래서 작가 빅토리 에밀 프랑크는 "살아 있는 것은 축복이기도 하지만 형벌이기도 하다"라고 말했지 않은가. 또한 폴란드의 공영 방송에서도 나치의 만행에 대하여 "용서는 하되 잊지는 말자."라고 전 국민에게 발표했다고 한다. 독일의 빌리브란트 수상은 아우슈비츠에 찾아와 통곡으로 사죄하였고, 독일 학생들은 이곳이 수학여행의 필수 코스라고 한다.

청산한다는 것은 자기의 죄를 책임지는 것이다. 단죄 없는 용서와 책임 없는 사죄는 은폐나 마찬가지이다. 자기의 죄업을 책임짐으로써 다시는 이런 역사가 반복되지 않도록 하는 것이 진정한 청산이라고 생각한다. 일본인들도 이곳에 와서 많이 보고 느끼며 더 이상 역사를 왜곡하지 말아야 할 것이다.

두 시간여의 관람을 마치고 밖으로 나오니 뜨겁던 태양은 구름 뒤로 숨었고, 수용소 마당에는 쓸쓸하게 흙먼지만 일었다. 갑자기 온몸에 힘이 쭉 빠지며 허탈한 한숨이 나도 모르게 새어 나왔다.

2004. 7.

이보다 좋을 순 없다

내가 즐겨 보는 TV프로 중에 '인간극장'이라는 것이 있다. 보통 사람들의 이야기를 휴먼 다큐멘터리 형식으로 엮어서 보여주는 프로인데, 나는 한 주일 동안 그들의 삶에 빠져서 같이 울고 웃는다. 거기에는 기구하고 별난 삶도 있고 거룩하고 숭고한 삶도 있다. 그리고 정말 가슴 아픈 사연이나 아랫목처럼 가슴이 훈훈해지는 따뜻한 사연들도 있다.

이번 주에는 우리 아이들처럼 젊은 부부가 한적한 산골 마을로 들어가 문명하고는 거리가 먼 촌부로 살아가는 이야기였는데, 제목이 「이보다 좋을 순 없다」였다. 도시에서 태어나고 자란 젊은이들이 햇살 같은 소박한 행복을 맛보며 자연 속에 살고 있어 더욱 아름다워 보였는지 모른다. 그들 부부가 모든 사람들이 엘리트라고 칭송하는 일류 대학을 나와서 모두 부러워하는 직장과 일을 뿌리치고 시골 오두막집으로 들어온 이유는, 행복하게 살고 싶어서였다고 한다.

무엇엔가 쫓기는 듯 항상 바쁘고 초조한 도시 생활보다는 푸근한 자연에 안겨서 느긋하게 좋아하는 것을 하며 살고 싶었다고 한다. "행복한 삶은 어제와 오늘과 내일의 행복한 일상이 쌓여서 이루어지는 것이지, 어느 날 문득 찾아오는 것이 아니다. 미지의 행복한 삶을 위해서 오늘이 불행하고 소중한 것을 놓치고 잃어버린다면, 그것은 행복한 삶이 될 수 없다."고 그들은 말했다.

그것도 우리처럼 중년의 나이도 아니고, 한창 욕망이 크고 야망에 도전하고픈 젊은 나이에 그런 삶의 이치를 터득하고 과감한 선택을 한 젊은이들이 대단해 보였다. 그것은 진정 자기가 원하는 삶을 얻기 위해 다른 것을 과감하게 버릴 수 있는 용기가 없으면 불가능한 일이기 때문이다.

인적도 드문 산골 오두막에서 텃밭을 가꾸며 그곳에서 나는 것들로 음식을 만들어 먹는 그들은, 이런 생활을 하기 위해 많은 것을 배웠다고 한다. 요리와 목공 일도 배우고 농사도 배우면서 만능 재주꾼이 되어야 했다. 하기는 남의 손을 빌릴 수 없는 산골이니 모든 일을 자기 스스로 할 수 있어야만 될 것이다.

사람은 그 다양한 모습만큼이나 좋아하는 것도, 소중하게 여기는 것도 모두 다를 수 있다. 그러나 대부분은 내가 원하는 삶보다는 남들의 사는 방식을 따라 허겁지겁 쫓아가느라 넘어지기도 하고 좌절하기도 한다. 그런데 젊은 나이의 그들이 원하는 삶을 위해 모든 것을 과감하게 버리고 선택한 산골 생활은 감동적인 모습이었다.

내가 TV를 통해 그 부부의 모습을 넋을 잃고 보는 것은, 넓은 창가에서 안개가 피어나는 산을 바라보며 차를 마시는 그림 같은 전원 생활이 부러워서가 아니다. 그동안 공들여 쌓아 왔던 지식이나 익숙하고 편한 삶을 과감하게 버리고, 자신들이 원하는 삶을 선택할 수 있는 용기가 부러웠기 때문이다.

그리고 물질적이고 편한 것만을 추구하는 요즘 젊은이들에 비해 행복한 삶을 위해서는 불편한 것도 겁내지 않고, 불모지 같은 미지의 세계에 도전하는 그들의 순수함이 너무도 아름다웠기 때문이다. 공기 좋은 곳으로 이사를 가고 싶어도 집값이 떨어지지 않을까 겁내고 좋은 차를 타지 않으면 남의 눈을 의식하게 되는 요즘 사람들에 비하면, 그들의 생활 방식은 당당하고 소박했다.

'이보다 좋을 순 없다.' 자기가 살고 있는 삶에 지극히 만족해하며 이렇게 표현할 수 있는 사람이 과연 얼마나 될까. 나는 50여 년을 넘게 살아오면서 이런 느낌을 가졌던 때가 있었는지 곰곰이 생각해 본다. 그저 무탈하게 사는 일상이 행복이라고 느낀 적은 있었지만, 정말 자기 삶을 사랑하고 만족하며 살아본 기억은 별로 없는 것 같다.

지난 세월을 돌이켜보면 나도 다른 사람들과 별반 다르지 않은 생활을 해왔던 것 같다. 젊은 시절에는 조금이라도 넓은 집을 마련하기 위해 허리끈을 동여매며 절약하였고, 아이들이 크고 나서는 남들처럼 좋은 학교에 보내기 위해 전전긍긍하였다. 그러나 어느 날 생각지도 않던 재난이 닥치고 내가 움켜쥐고 있던 것들이 모두 물거품이 되어 버렸을 때, 나는 절망의 늪에서 헤어나기가 힘들었다.

　나이가 들면 하고 싶던 여행이나 맘껏 하리라던 노후의 여유는 사라지고, 건강하던 몸과 마음도 많이 약해졌다. 가까스로 몸과 마음을 추슬러 안정을 되찾은 요즈음, 삶에 대한 나의 생각은 예전과는 많이 달라졌다. 굳이 노후의 안정이나 미지의 행복을 위해 오늘을 희생하고 허비하지 않으려는 생각이다.

　어느 철학자가, "인생에서 가장 큰 선물은 오늘일 뿐"이다. 라고 말하지 않았던가. 그들이 말한 것처럼 먼 훗날의 행복을 꿈꾸기보다, 그냥 현재의 삶에 만족하며 행복한 오늘을 만들려고 노력할 뿐이다. 행복한 오늘이 조금씩 쌓여서 행복한 삶이 된다는 것을 이제 이 나이가 되어서야 조금씩 깨닫게 되었기 때문이다.

2005. 6.

겨울 산

아파트 숲 너머로 의연하게 버티고 있는 하얀 산을 본다. 언제나 그 자리에 있어 낯익은 배경이 소품 같던 구룡산의 모습이 오늘은 더욱 정겹게 느껴진다. 마치 객지에서 방황을 하던 나그네가 고향을 그리워하듯, 바쁜 일상에 쫓겨 자주 오르지 못했던 산이 그리움으로 묻어나기 때문이다.

오래전, 나는 겨울 산을 무척 좋아했다. 결혼도 하기 전인 이십여 년 전 내가 다니던 직장에는 산악회가 있어 주말만 되면 배낭을 챙겨서 집을 나오곤 했다. 그때는 주로 북한산이나 도봉산 등 시내 가까이에 있는 산을 다녔는데, 등산 인구가 그리 많지 않던 시절이라 겨울 산에는 인적이 드물었다. 코끝이 빨개지도록 추운 날, "뜨뜻한 아랫목을 놔두고 왜 사서 고생하러 가느냐."며 말리시던 엄마의 잔소리도 아랑곳하지 않고 집을 나서면 마치 연인을 만나러 가듯 마음이 설레곤 했다.

털목도리와 두꺼운 장갑으로 무장을 하고 산 입구에서부터 산자락에서 묻어오는 공기부터 다른 것 같았다. 앞서거니 뒤서거니 하며 모여든 일행들을 만나 허연 입김을 내뿜으며 산을 오르기 시작하면, 어느새 호흡은 거칠어지고 등허리에는 땀이 배이기 시작했다.

오르기로 한 목적지에 다다르면 우선 추운 몸을 녹이기 위해 마른 가지를 주워서 모닥불을 피웠다. 그리고 언 손을 불어가며 버너를 켜고 코펠에 하얀 눈을 가득 담아 물을 끓여서 밥과 찌개를 만들어 먹는 맛이 기막히게 좋았다. 식사를 끝내고 산중에서 마시는 커피의 맛은 지금도 잊지 못할 소중한 추억이다.

겨울 산은 어쩐지 쓸쓸하다. 여름내 풍성하던 나무도 헐벗고 물기가 걷힌 골짜기에는 낙엽이 쌓인 채 흰 눈이 군데군데 융단처럼 깔려 있다. 여름에는 잎에 가려 보이지 않던 나무들의 모습도 적나라하게 드러난다. 올곧게 위로 뻗은 놈이나 용트림을 하며 옆으로 굽은 나무, 그리고 손바닥을 펼치듯 사방으로 가지를 펼친 것 등 모두가 제각기 조화를 이루며 어우러져 있다.

사람의 사는 모습도 이와 비슷할 것이다. 잘생기고 못생긴 사람과 똑똑하고 어리석은 사람들이 같이 어울려 살아가므로 서로 조화를 이루는 것이리라. 산을 오르다가 마주 스쳐 지나가는 사람들과 반갑게 인사를 나눈다. "힘드시지요?" "수고하십니다." 모르는 사람과 나누는 한마디의 말이 힘을 솟구치게 하고 가슴을 따뜻하게 만든다. 산의 넉넉한 품에 안기면 사람의 마음도 자연을 닮아 푸근해지고 넓어지는 모양이다.

오년 전 겨울, 정 붙이기 힘들 것 같던 이 동네로 이사해서 제일 반가웠던 것은 아파트 근처에 산이 있다는 사실이었다. 창문만 닫으면 추위를 모르는 편한 아파트 생활이었지만, 무언지 모를 허전함 때문에 아이들과 자주 산을 찾았다. 이웃들과 사귀고 친해지기보다 먼저 겨울의 구룡산과 친숙해진 셈이었다.

산 입구에서 쉬엄쉬엄 한 삼십 분쯤 오르면 산의 정상에 다다른다. 꼭대기에 올라 아래를 내려다보면, 성냥갑을 엎어놓은 듯한 아파트들이 빽빽하게 들어찬 우리 동네가 한눈에 들어온다. 그 많은 집들 중에 조그만 내 삶의 터전도 있다는 사실에 뿌듯한 안도의 한숨이 나왔다.

찬 공기를 가슴 깊숙이 들이마시며 크게 심호흡을 한다. 내 의지와는 상관없이 밀려가듯 살았던 시간들이 속절없게 느껴지고, 사람과의 부대낌 속에서 받았던 상처들이 치유되어 부드러운 화해의 심성이 된다. 비로소 따뜻하고 편한 아파트 생활에 선뜻 마음 붙이지 못한 것이 바로 흙에 대한 상실감이었다는 걸 깨닫게 된다.

시멘트 벽으로 흙의 기운을 차단한 듯한 아파트는 어쩌면 사람과 사람 사이의 마음까지도 단절시키는 것은 아닐까라는 생각이 든다. 땅이 뿜어 올리는 기(氣)를 받지 못해서 시들어 가는 것은, 인간의 육체가 아니라 사람들의 심성인지도 모르겠다.

자연의 목소리는 훨씬 감동적이고 설득력이 있다. 순리에 역행하는 법이 없이 절기를 지키며, 시들고 썩은 낙엽도 새봄에 싹을 틔우기 위한 거름이 된다는 것을 깨닫게 해준다. 산은 우리에게 땀을 요구하는 대신 무거운 침묵을 통해서 겸허와 인내를 가르쳐 주기도 한다.

오늘은 눈이라도 올 것같이 하늘이 잿빛으로 흐려 있다. 사는 일이 허전하거나 스스로가 초라하게 느껴질 때, 인간적인 속성에서 벗어나지 못하고 슬픔에 빠져 있을 때 나는 의연하게 서 있는 산을 본다. 아무것에도 흔들리지 않고 언제나 꿋꿋하게 그 자리에 버티고 있는 산, 널찍한 가슴으로 모든 것을 포용하며 휴식과 생명력까지 나누어 주는 산처럼 나도 그렇게 넉넉한 인품을 지니고 싶다.

1991. 1.

내가 생각하는 불교

불교는 우리 생활 속에 너무 자연스럽게 스며들어 있어서 굳이 종교라는 생각보다는 사람이 바르게 살아가는 길을 알려주는 법도(法道)로만 인식하고 있었다. 젊을 때부터 산과 여행을 좋아하던 내가 낯선 길을 떠나서 만난 것은 으레 산수(山水) 좋은 곳에 자리 잡은 산사와 암자였다. 도시의 매연 속에서 찌든 몸과 마음을 안고 산을 오르면 흐르는 땀과 함께 마음도 홀가분해지고 목탁 소리와 고즈넉한 풍경 소리에 그동안 탁해졌던 마음도 편안해지곤 했다.

삼십여 년 전이던가, 한창 감수성이 예민하고, 사랑 때문에 번민(煩悶)하던 처녀 시절이었다. 어느 날 버스를 타고 출근하는데 무슨 생각에 골몰했던지 버스에서 내린 곳은 어느 절 입구였다. 코스모스가 흐드러지게 핀 길을 따라 한참을 올라가니 아늑한 곳에 자리 잡은 사찰이 보였다. 아침 일찍 찾아온 처녀의 거동이 수상하였던지, 스님 한 분이 "어떻게 오셨느냐?"며 다정히 맞아주었다.

막상 어떤 위안을 찾아 그곳까지 오기는 했지만 무슨 말을 어떻게 꺼내야 할지 얼른 대답할 수가 없었다. 한참을 머뭇거리다가 "그냥 마음이 괴로워서요."라고 기어 들어가는 목소리로 말을 하였다. "무척 번민이 많으신가 보군요. 천천히 돌아보신 후 저하고 얘기나 나누고 가시지요."라고 부드럽게 대답해주는 것이었다. 그러자 마치 내 마음을 들킨 것 같아 얼굴이 빨개져서 스님의 호의도 무시하고 그냥 돌아서서 산을 내려오고 말았다.

갑자기 출근길에 증발해버린 나 때문에 금고를 열지 못한 사무실에서는 난리가 났고, 몇 년 동안 지각 한 번 없었던 나는 호되게 홍역을 치러야 했다. 결국 모든 문제는 나 때문에 발생했고, 그 매듭을 풀 수 있는 사람도 나 혼자뿐이니 피하고 도망치기보다는 정면으로 돌파해야 한다는 해답을 얻기 위한 하루의 일탈이었다.

그 후로 사랑하던 사람과 결혼하고 아이들을 키우다보니 세상에 무서운 것이 너무나 많아졌다. 젊을 때는 그렇게 만만해 보이던 세상도 살얼음판처럼 느껴졌고, 내가 사랑으로 보살펴야 하는 가족이 생기니 두려운 존재도 많아졌다. 그래서 한편으로는 이기적인 동기로 종교를 찾게 되었고, 우연히 접하게 된 것이 천주교이어서 이십 여 년 전에 영세를 받고 천주교 신자가 되었다.

그러나 우리를 키우실 때만 해도 종교를 모르셨던 어머니가 연세가 드시더니 불교에 입문하시어 늘 기도와 법문을 듣고 계셨다. 더구나 자식들 뒤치다꺼리가 끝난 후여서일까, 어머니의 기도 생활은 철저하리만큼 열심이셨다. 더구나 추운 날씨에도 불편한 몸으로 여러 기도회에 참석하시곤 해서 자식들의 걱정이 태산 같았다.

어머니는 차츰 건강이 나빠져서 집에서 불경을 읽고 기도를 드리는 일이 많아지셨는데, 가끔 친정에 가서 기도 중에 뵙는 어머니의 얼굴은 참 평화로웠다. 그때는 어머니가 무엇을 위해 저리도 간곡하게 기도를 하실까 하고 궁금해 했었다. 그러나 막상 내가 그때 어머니의 연세와 비슷해지고 있으니 어머니의 그 심정을 조금은 알 것 같았다.

내가 법문 중에 제일 좋아하는 것은 「보왕삼매론」이다. 불교 문구를 잘 모르는 나 같은 사람도 쉽게 이해가 될 뿐 아니라 구절구절이 어쩌면 가슴을 찡하게 울리는지 늘 벽에 붙여 놓고 보곤 한다.

보왕삼매론(寶王三昧論)

1. 몸에 병 없기를 바라지 말라. 몸에 병이 없으면 탐욕이 생기기 쉽나니 그래서 성인이 말씀하시기를 "병으로써 양약을 삼으라." 하셨느니라.

2. 세상살이에 곤란 없기를 바라지 말라. 세상살이에 곤란이 없으면 업신여기는 마음과 사치하는 마음이 생기나니 그래서 성인이 말씀하시기를 "근심과 곤란으로써 세상을 살아가라" 하셨느니라.

3. 공부하는 데 마음에 장애가 없기를 바라지 말라. 마음에 장애가 없으면 배우는 것이 넘치게 되나니 그래서 성인이 말씀하시되 "장애 속에서 해

탈을 얻으라.” 하셨느니라.

4. 수행하는 데 마(魔)가 없기를 바라지 말라. 수행하는 데 마가 없으면 서원(誓願)이 굳게 되지 못하나니, 그래서 성인이 말씀하시기를 “모든 마군(魔軍)으로써 수행을 도와주는 벗으로 삼아라.” 하셨느니라.

5. 일을 꾀하되 쉽게 되기를 바라지 말라. 일이 쉽게 되면 뜻을 경솔한 데 두게 되나니, 그래서 성인이 말씀하시되 “여러 겁을 겪어 일을 성취하라.” 하셨느니라.

6. 친구를 사귀되 내가 이롭기를 바라지 말라. 내가 이롭고자 하면 의리를 상하게 되나니, 그래서 성인이 말씀하시되 “순결로써 사귐을 길게 하라.” 하셨느니라.

7. 남이 내 뜻대로 순종해 주기를 바라지 말라. 남이 내 뜻대로 순종해 주면 마음이 스스로 교만해지나니, 그래서 성인이 말씀하시되 “내 뜻에 맞지 않는 사람들로 원림(園林)을 삼으라.” 하셨느니라.

8. 공덕을 베풀려면 과보(果報)를 바라지 말라. 과보를 바라면 도모하는 뜻을 가지게 되나니, 그래서 성인이 말씀하시되 “덕 베푼 것을 헌신처럼 버리라.” 하셨느니라.

9. 이익을 분에 넘치게 바라지 말라. 이익이 분에 넘치면 어리석은 마음이 생기나니, 그래서 성인이 말씀하시기를 “적은 이익으로써 부자가 되라.” 하셨느니라.

10. 억울함을 당해 밝히려고 하지 말라. 억울함을 밝히면 원망하는 마음을 돕게 되나니, 그래서 성인이 말씀하시되 “억울함을 당하는 것으로 수행하는 본분을 삼으라.” 하셨느니라.

이 법문은 꼭 불교 신도가 아닌 일반인에게도 너무 주옥같은 말씀이기에 아무리 읽어도 늘 새롭다. 그래서 우리 가족뿐 아니라 누구에게나 들려주고픈 말씀이기도 하다. 가끔 우리 집을 찾는 사람들은 "아니 천주교 신자 집에 불교 법문이 붙어 있네?" 하며 놀라기도 한다. 그러나 우리가 진리를 추구하고 바르게 살기 위해서라면 종교의 다름이 무슨 상관이 있겠는가.

내가 불교에 관심을 갖게 된 것은 십여 년 전 우연히 「불교」지에 수필을 쓰게 되면서 그 잡지를 통해 불교에 대한 글을 자주 대하게 된 후부터일 것이다. 비록 종교는 다르지만 이제는 불교 신도인 친구들을 따라 유명한 스님의 법문도 들으러 다니고, 여행을 갔다가도 근처 사찰을 꼭 들르게 된다. 그것은 부처님께 드리는 나의 경외(敬畏)심이기도 하다.

2004. 10.

동생에게 보내는 편지

오늘은 무슨 일이 있어도 동생에게 편지를 쓰리라 마음을 먹었다. 펜을 들고 한참을 망설인 끝에 그동안 잘 지내고 있느냐고 공허한 인사말을 쓰고는 그냥 멍하니 앉아 있다. 몸은 아프지 않은지, 밥은 제대로 먹고 있느냐고 묻고는 또 막막해진다. 무엇인가 위로가 되는 따뜻한 말을 해주고 싶지만 마음속에만 그득할 뿐 얼른 말이 되어 나오지 않는다.

막내는 삼 남매 중에서 유일한 여동생이자 막냇동생이다. 맏이인 내 밑으로 남동생이 둘 있고 끝으로 여동생을 두었는데, 나하고는 13년이라는 나이 차이가 난다. 그래서 옛날에는 동생이라는 생각보다는 그냥 철부지 아이쯤으로 여기곤 했다. 더구나 내가 남편과 오랜 연애 끝에 결혼할 때쯤에는 초등학생이어서 남편도 처제라는 호칭보다는 그저 "향미야!" 하고 이름을 자연스레 부르곤 했다.

그러던 동생이 어느덧 나이가 차고 결혼하게 되었을 때는 마치 철부지 어린아이를 물가에 내어놓는 것 같아 걱정부터 앞섰다. 막내로 자라 이해심도 부족하고 팔팔한 성격을 잘 다스려 과연 원만한 가정을 해낼 수 있을까 하고 걱정이 되었다. 그동안 나와는 오래 떨어져 사느라고 자상하게 언니 노릇을 못해준 것도 못내 마음에 걸렸다.

동생이 하얀 드레스를 벗고 신혼여행을 떠날 때 나는 처음으로 긴 편지를 써서 동생의 여행 가방에 끼워주었다. 그 전날 밤 걱정으로 잠을 설치며 오랫동안 편지를 썼다. 언니 노릇을 제대로 못해준 미안한 마음과 결혼 생활을 먼저 한 선배로서, 아내와 며느리와 엄마의 의무에 대하여 밤새워 편지를 썼다. 그 속에는 부부란 모자라는 부분을 서로 채워주며 수없이 용서하고 위로해주어야 한다고 쓴 기억이 난다.

그러나 동생은 결혼하고 나서 염려한 것과는 달리 알뜰하고 야무지게 살림을 꾸려 나갔다. 서로 고향이 달라서 식성이 전혀 다른 남편의 까다로운 입맛까지 맞추어 가며 요리 솜씨를 발휘해서 어머니와 나는 한시름을 놓게 되었다. 그 후로 동생은 떡두꺼비 같은 아들 형제를 낳아 기르면서 정말로 행복한 가정을 꾸려가고 있었다.

그런데 한 달 전쯤이었다. 추석 차례를 치르고 이튿날 친정어머니께 인사를 드리러 갔다. 식구들끼리 모여 앉아 멀리 지방에 있어 못 오는 막냇동생의 소식을 궁금해하고 있었다. 그때 제부(弟夫)에게서 전화가 왔는데 목소리가 심상치 않았다. 갑자기 울먹울먹하더니 "지금 막 작은놈이 저세상으로 떠났다."는 것이다.

이게 무슨 날벼락인가. 우리는 자세한 경위도 묻지 못한 채 허겁지겁 마산으로 내려갔다. 그 긴 시간 동안 운전을 하는 남동생들이나 타고 있는 사람들 모두가 좌불안석이었다. 도대체 어떻게 이런 일이 있을 수가 있을까. 무슨 모진 운명이기에 열 살밖에 되지 않은 어린 것이 세상을 떠나다니, 너무도 기가 막혀 도저히 믿어지지가 않았다.

그러나 밤을 새워 달려간 병원 영안실 앞에는 동생이 실신해 쓰러져 있고 갑자기 연락을 받고 달려온 사돈댁 식구들이 웅성거리고 있었다. 명절을 친가에서 보내기 위해 할머니 댁에서 놀다가 그만 이층 옥상에서 떨어져 사고를 당했다는 것이다.

그놈은 유난히 영특하고 성격이 밝아서 동생 부부의 귀여움을 독차지하던 놈이었다. 태어날 때는 제달을 채우지 못하고 일찍 나오는 바람에 인큐베이터에서 세상 구경을 먼저 하여서 저희 부모의 애를 태우던 녀석이었다. 그러나 자랄수록 걱정과는 달리 건강하고 싹싹하여 '저놈이 없었으면 어찌했을까' 할 정도로 기쁨을 주던 아이였다.

하느님도 순수하고 맑은 영혼은 먼저 데려가신다 했지만, 아무리 생각해도 너무나 억울한 선택이었다. 10년이라는 짧은 삶을 살면서 부모와 친척과 친구들에게 너무나 많은 사랑을 주고 간 아이였다. 그 아이는 맑고 티없이 순수한 영혼으로 오염된 어른들의 가슴에 상실의 피멍을 남기고 갔다.

오늘도 슬픔에 잠겨서 넋을 놓고 있을 동생을 생각하며 어떤 말도 위로가 되지 못하리라는 것을 느낀다. 어떤 슬픔이나 어떤 괴로움도 자식을 먼저 보낸 부모의 마음만이야 할까. 그 슬픔은 겪어 보지 못한 사람은 짐작만 할 뿐 그 심연의 나락에는 미치지 못할 것이다.

나는 전에 참척을 당하여 두문불출하셨던 박완서님의 책을 사서 읽었다. 그리고 책과 함께 동생에게 편지를 보냈다. "네가 슬픔으로 아이의 영혼을 놓아주지 않고 집착을 갖는다면 아이는 천국으로 가지 못하고 엄마 주위만 빙빙 돌 것이라고…. " 그리고 지독한 슬픔을 겪은 사람만이 진정한 기쁨을 누릴 수 있고, 삶의 소중함도 느낄 수 있음을 이야기하여 주었다.

그 말들이 괴로움에 삶의 의욕까지 상실한 동생에게 공감이 될지 공허한 위로가 될지는 모르겠지만, 아무것도 대신해 줄 수 없는 언니의 애달픈 마음이 담긴 편지이므로 동생이 조금이라도 마음에 새겨 수었으면 하고 바랄뿐이다.

곧 가을은 깊어가고 나뭇잎은 떨어져 나무들은 옷을 벗을 것이다. 조카가 하얀 천사가 되어 우리 곁에 오는 때를 기다리며, 막내야! 제발 힘내거라.

1998. 10.

문조의 죽음

“엄마! 어쩌면 잔인하게 그럴 수가 있어요?”

외출했다가 허둥지둥 들어오니 딸애가 눈물까지 글썽이며 원망과 비난조로 말했다. “왜 무슨 일이 있었니?” 나는 심상치 않은 아이들의 기색에 놀라 정색을 하고 물었더니 “베란다에 나가보세요.” 하고는 제 방으로 들어가 버린다. “왜 무슨 일인데 그래?” 하며 베란다로 나가보니 문조 두 마리가 모두 먹이통에 고개를 처박고 축 늘어져 있는 것이 아닌가. “어머! 세상에 이럴 수가…. 이게 도대체 무슨 일이니?”

나는 너무도 놀라고 어이가 없어서 망연자실하였다. 처음에는 왜 멀쩡하던 새가 죽었는지 얼른 이해가 되지 않았다. 하지만 먹이통도 깨끗하고 물통도 바짝 말라 있는 것을 보고서야 내가 얼마나 잔인한 짓을 했는지 감지되었다. 더불어 아이들의 행동도 이해가 되었다. 맥이 탁 풀리면서 기가 막혔다.

"내가 미쳤나, 새를 굶겨 죽이다니. 도대체 무엇에 정신을 잃고 며칠 동안 새 모이 주는 것도 잊었단 말인가?"

근래에 와서 방금 들고 있던 지갑을 어디다 두었는지 몰라 아이들을 동원해서 찾게 한다거나 고추장 뜨러 베란다에 나갔다가 빨래만 걷어 온다든지 하는 일련의 건망증이 있기는 했지만, 친구들도 겪는 경험이려니 하고 별로 대수롭게 생각지 않았다. 하지만 살아 있는 생명을 무관심으로 굶겨 죽였다고 생각하니 너무도 내 자신이 한심하고 혐오스러워지기까지 하였다.

작년 가을에 "얘, 아파트 생활이 단조로울 텐데 새 한번 키워 보지 않을래?" 하며 친구가 새를 주겠다고 했을 때 사실 별로 달갑지가 않았었다. 뒤치다꺼리도 귀찮거니와 몇 번 동물을 키우다가 실패한 경험을 떠올리고는 "잘 키울 자신이 없는데…" 하면서 거절했었다. 사람이나 동물이나 사랑을 주고 정을 붙이다가 정을 떼는 일이 얼마나 고약한 일인가를 겪어서 알기 때문이었다. "네가 안 키워봐서 그렇지 새 중에도 문조란 놈은 정말 영리하고 울음소리도 참 예쁘단다." 친구가 자꾸 권하는 말과 아이들이 조르는 바람에 문조 두 마리를 우리 집 식구로 맞아들이게 되었다.

깃털도 채 자라지 않아 볼품없는 어린놈을 데려다가 매일 물을 갈아주고 좁쌀에 계란 노른자를 뿌려 주기도 하면서 정성껏 야채도 챙겨 주었다. 친구 말대로 아침에 창문을 열면 쪼로롱 하며 우는 소리가 반가웠고, 내 발걸음 소리가 나면 먹이를 주러 오는 것을 아는지 머리를 쫑긋거리며 빨간 눈을 깜박거리곤 하였다.

겨울에는 추위를 잘 탄다고 하여 좁은 다용도실에 들여놓고는 온통 좁쌀과 깃털 때문에 지겨워하면서도 빨리 성조가 되기만을 기다렸었다. 요즘에는 하얀 자태가 흡사 백조를 연상시키듯 제법 멋있어져서 곧 새 식구가 늘겠구나 하며 첫 손자 기다리는 할머니 같은 심정으로 유심히 새장을 살피곤 했었다. 하긴 요 며칠 전 새도 못 챙길 만큼 슬픈 일이 있었다.

남편과 평소 가깝게 지내던 동료 한 분이 갑자기 세상을 떠났다. 열흘 전까지만 해도 우리 집에 와서 그 특유의 웃음을 터뜨리며 건강을 자랑했었는데 뇌출혈로 가족에게 말 한마디 남기지 못하고 떠나신 것이었다. 가족끼리도 친하게 지내오던 터여서 그 부인의 고통과 슬픔이 나에게도 커다란 아픔으로 다가왔었다. 그리고 나와는 무관한 일인 듯 잊고 살았던 '죽음'에 대해서 많은 것을 생각하게 해주었다.

죽음은 우리가 살아가면서 치러야 할 삶의 한 과정일 것이다. 나의 일이 아니라고 외면하고 잊어버릴 수 있는 걸까. '죽음을 연습하라'는 말처럼 우리가 잘 죽기 위해서는 어떻게 잘 살아야 할 것인가, 또 나의 가족이나 사랑하는 사람의 죽음을 의연하게 받아들이기 위해서는 어떻게 집착과 아집에서 벗어나 홀로 설 수 있는 의지를 기를 것인가를 많이 생각했었다.

오늘 문조의 죽음을 보고 또 살아 있는 것에 대한 목숨의 유한성을 실감했다. 아무리 아끼고 사랑하는 것일지라도 영원한 것은 없고

언젠가는 떠나가고 떠나보내야만 한다는 것을…. 비록 그것이 언제
일지는 모르지만 우리는 항상 사랑하는 이들과의 이별을 생각하며
서로 사랑하고 위해주다 보면 조그만 불만이나 불평은 많이 줄어들
것 아니겠는가.

1993. 5.

어머니의 다변(多辯)

며칠 전, 친정어머니가 우리 집에 오셨다. 날씨가 추워지자 혼자 계신 집이 더 썰렁할 것 같아 따뜻한 우리 아파트에서 지내시라고 모셔 온 것이다. 원래 성격이 깔끔하셔서 어지간하면 딸네 집에서도 주무시고 가는 성격이 아니지만, 요번에는 어머니도 느긋하게 마음을 먹고 오신 것 같았다. 그동안 어머니를 모셔 온 남동생 부부는 요즘 생업 때문에 가게에 나가 있고, 그나마 하나 데리고 있던 손자도 군대에 가버리고 나니 어머니는 갑자기 할 일이 없어진 것 같았다.

마음 같아서는 우리 집에서 추운 겨울을 보내고 따뜻한 봄에 가시게 하고 싶었다. 그러나 어머니는 오신 날부터 조바심을 냈다. 어머니가 매일 드시는 여러 가지 약들을 꼼꼼히 챙겨 왔는데도 그중에 빠진 것이 있다며 불안해하더니, 결국에는 며칠 못 가서 당신 집으로

가겠다고 성화를 하셨다. 한창 기승을 부리는 추위라도 한풀 수그러
지면 가시라고 가까스로 어머니를 달래놓고 나니 조금은 마음이 놓
였다.

어머니가 며칠 와 계신 동안, 나는 어머니의 변한 모습에 적잖이
놀랐다. 하기는 연세가 드시니 해가 갈수록 쇠약해지는 신체적인 변
화는 그렇다고 하더라도 성격도 예전하고 많이 바뀌신 것 같았다. 무
엇보다 놀란 것은 거의 하루 종일 말을 하시는 것이었다. 어머니는
한쪽 귀의 청력이 좋지 않아 남이 하는 얘기도 잘 못 알아듣는 편인
데, 무슨 이야기를 그렇게 끊임없이 하시는지 놀라웠다. '그동안 얼
마나 외로우셨으면 저렇게 말을 많이 하실까'라고 이해를 하다가도
어느 때는 나도 모르게 짜증이 났다. 마치 배가 고프던 아이가 한꺼
번에 폭식을 하듯 어머니는 그렇게 말을 쏟아 놓고 계셨다. 어떤 때
는 한 얘기를 하고 또 하고, 몇 번씩 듣느라고 정말 인내심이 필요했
다. 어쩌면 나는 까맣게 잊어버린 옛날 일들도 어머니는 용케 기억해
내어 말씀하시곤 했다.

생각해보니 오랫동안 어머니의 주위에는 넋두리라도 들어줄 사람
이 없었다. 아버지는 내가 결혼하여 둘째를 낳던 26년 전에 돌아가시
고 그동안 사 남매인 자식들은 모두 성장하여 분가를 했다. 그러나
모두 자기 가족 꾸리고 살기에 급급하여 누구 하나 어머니께 살뜰한
관심을 보이지 못했다. 그나마 어머니의 몸이 건강했을 때는 이 집
저 집 다니며 궂은일을 도와주시곤 했는데, 이제 연세가 들고 거동이
불편해지고는 그 일도 못 하시니 더욱 외로우셨으리라.

맏이인 내가 결혼하여 아이들을 키울 때, 어머니는 나를 도와주시기 위해서 내가 사는 동네 근처로 이사를 하신 적도 있었다. 친정어머니가 가까이 사시는 덕에 나는 아이들을 맡기고 마음놓고 외출을 할 수 있었다. 어느 날은 외출에서 돌아와 보면 어머니가 다녀가신 흔적 때문에 콧등이 시큰해지기도 했다. 허둥지둥 나가느라 어질러진 집안은 윤기가 나게 깨끗해져 있고, 정성껏 밥상까지 차려놓으신 것을 볼 때면 더욱 어머니에 대한 고마움에 눈시울이 붉어지곤 했었다.

어머니께 맏딸인 나는 친구처럼 아들처럼 미더운 존재였나 보다. 더구나 아버님이 돌아가신 후부터는 집안의 모든 일이나 동생들의 일은 나하고 의논하셨다. 그러던 내가 먼 동네로 이사를 오고 바쁘다는 핑계로 자주 못 가뵈니 어머니와 이야기를 나눌 기회가 점점 줄어들었다. 집안의 대소사에나 참석하고 가끔 안부 전화나 삐쭉 하는 나에게 어머니는 많이 섭섭하셨을 것이다. 예전 같으면 혼자서도 우리 집을 찾아오셨을 테지만, 이제는 기력이 딸려 누가 모셔 오기 전에는 다니실 수도 없으니 얼마나 답답하셨을까.

언젠가 미국에 다녀왔던 친구에게 들은 이야기가 있다. 일찌감치 자식을 분가시키고 홀로 사는 미국의 노인들은 정말 불쌍하더라는 것이다. 사회복지가 잘되어 있어 우리나라 노인들에 비해 경제적인 걱정은 없겠지만, 바쁜 자식과 손자들은 일 년에 서너 번밖에 만날 수 없으니 얼마나 외롭겠느냐는 것이었다. 하루 종일 벤치에 나와 있는 노인들이 측은해서 말을 받아주다 보면 몇 시간이고 끝도 없이 말을 한다는 것이었다. 그들에 비하면 대가족 제도 속에서 손자의 재롱을 보며 사는 우리나라 노인들은 그나마 행복하다는 것이었다.

말을 하고 싶어도 말할 상대가 없는 처절한 외로움은 느껴 보지 않은 사람은 잘 모를 것이다. 하다못해 다툴 상대라도 있는 노인들은 그나마 다행이지만 이제 우리나라도 점점 핵가족화되어가고 있다. 어쩌면 우리 세대도 곧 겪게 될 노년의 외로움인지 모른다. 그러나 사람은 자기에게 닥치지 않은 어려움은 생각하기조차 싫어하나 보다. 막연히는 알고 있었지만 나도 어머니가 오시기 전까지는 그런 생각을 하지 못했다.

곤하게 잠드신 어머니를 보고 있자니 많이 늙으신 모습에 연민과 자책이 끓어오른다. 그러나 날이 새면 나는 또 까맣게 잊어버리고 무심한 일상으로 돌아갈 것이다. 그것이 부모가 자식을 생각하는 애절한 마음과 자식이 부모를 생각하는 점의 차이일 것이다. 그래서 자식들은 부모가 떠나시고 나면 회한(悔恨)에 떨며 목을 놓고 우는가 보다.

2003. 12.

4

두려움에 대하여

장마가 끝나고 본격적인 더위가 시작되는지 연일 삼십 도가 웃도는 날씨다. 더위를 잊을 생각으로 텔레비전을 켜니 대부분 공포 영화나 납량극을 하고 있었다. 그것을 보다가 사람이 공포를 느끼거나 두려움을 갖게 되면 체온이 올라가서 상대적으로 서늘한 느낌을 갖게 된다는 말을 들은 적이 있는데 그것이 정말일까 하는 의문이 들었다. 그리고 사람이 느끼는 여러 감정 중에서 왜 두려움이 인간의 중추신경을 강하게 자극시켜 체온을 상승시키는 것인지 그게 궁금했다.

얼마 전 신문에서 미국의 소설가 어니스트 헤밍웨이에 관한 기사를 읽은 적이 있다. 그의 친구였으며 헤밍웨이에 관한 책을 썼던 카스티요 푸체는 스페인의 마드리드에서 헤밍웨이의 숨겨진 내면을 공개했다. 그의 말에 따르면 헤밍웨이는 연약하기 짝이 없는 겁쟁이였고 했다. 헤밍웨이는 누구보다 '죽음의 공포'를 두려워했으며 도전과 모험에 남달리 집착한 것은 자신의 연약함을 감추기 위한 일종의 가면이라고 했다.

「노인과 바다」나 「누구를 위하여 종은 울리나」를 쓴 그는 작품 속의 모험을 실제로 시도함으로써 죽음의 공포를 이기려고 했다고 한다. 산부인과 의사였으나 자살한 그의 아버지를 비겁자라고 비난하던 헤밍웨이도 결국 62세 되던 해 사냥총으로 스스로 목숨을 끊었다. 평생 불을 환히 밝히지 않고서는 잠들지 못했다는 헤밍웨이의 기사를 읽으며 나는 왠지 연민으로 가슴이 찡해 왔다.

내가 세상에 태어나서 처음으로 두려움을 느낀 것은 여섯 살 때쯤 할머니를 따라 시장에 갔다가 길을 잃어버렸을 때일 것이다. 할머니는 지방 도시 시장에서 장사를 하고 계셨는데 집에 무엇을 가지러 들르셨다가 나를 데리고 가신 것 같았다. 그러다가 손님이 오고 물건을 팔다 보니 내가 없어졌다고 했다. 나는 어린 눈에 처음 보는 신기한 것들을 따라 시장통을 돌다가 그만 길을 잃은 것 같았다. 그때부터 어디를 어떻게 헤매었는지는 모르겠다. 다만 희미하게 생각나는 것은 햇볕이 쨍쨍 내리쬐는 신작로를 따라 하염없이 걸었던 기억이다. 분명히 골목을 돌아서면 방앗간이 보이고 술집이 있는 동네 길목이 나올 것 같은데 아무리 걸어도 낯익은 길이 나타나지 않는 것이었다. 그때의 막막하고 무서운 느낌은 어른이 되고 나서도 가끔씩 나를 엄습하곤 한다. 나중에 어머니의 말씀을 들으니 전 가족이 동원돼서 해가 기운 초저녁쯤 엉뚱하게도 다른 동네에서 울고 있는 나를 찾아왔다고 한다.

그런 일때문인지는 몰라도 나는 어린 시절 늘 어머니의 치마꼬리를 붙잡고 다니는 소심하고 겁 많은 아이였다. 성격도 지독하게 내성적이어서 늘 말이 없고 조용한 편이었다. 내 생각을 남에게 드러내는 것이 두려워 말을 안 하다 보니 학교에서도 있는 듯 없는 듯한 존재였던 것 같다. 사춘기에 접어들면서 나는 그런 내 성격이 너무도 싫었다. 당당하지 못하고 모든 일에 자신이 없고 심약한 내 자신이 싫어서 심한 열등감에 오래 시달렸다.

그러다가 탈출구를 찾은 것이 소설이었다. 책은 나에게 친구가 되어 주고 위로가 되어 주었다. 나는 닥치는 대로 책을 읽었다. 그때는 어떤 것이 좋고 나쁜 것인 줄도 모르고 제대로 소화시킬 줄도 모른 채 무조건 읽었다. 책 속의 주인공은 내가 못하는 것들을, 내가 원하던 것들을 대신해주고 있었다. 그 시절에는 책의 내용이나 주인공은 잊어버리더라도 내가 읽은 책의 제목과 저자만은 꼭 적어 놓아서 도표를 그리듯이 암기하곤 했다. 그때 어린 나의 가슴을 감동시키던 우상 어니스트 헤밍웨이가 나와 비슷한 겁쟁이였다니 잘 믿어지지가 않는다.

요즘 어린 나이로 세계 골프 무대에서 자랑스러운 경기를 보여준 어느 선수의 성장과 훈련 과정이 매스컴을 통해서 자주 보도된다. 오늘이 있기까지 본인의 피나는 노력도 있었지만 딸을 위한 아버지의 눈물겨운 가르침도 있었다고 한다. 그중에서 세계적인 선수가 되기 위해서는 어떤 위기에도 흔들리고 두려워하지 않는 담력을 키워 주어야 하기 때문에 어린 딸에게 공동 묘지에 가서 밤을 새우는 훈련을 시켰다고 한다. 그런 이야기를 듣고 세계적인 선수가 되기 위해서는 기술적인 훈련도 중요하지만 두려움을 극복하는 것이 얼마나 어렵고 힘든 일일까 하고 생각해 본다.

내가 어릴 때는 몸이 약해서였는지 가위에 자주 눌리거나 나쁜 꿈을 많이 꾸었다. 아버지는 그런 나를 기가 허해서 큰일이라며 걱정을 많이 하셨다. 그래서인지 집안에 제사가 있거나 차례를 지내는 일이 있으면 자고 있는 나를 깨워서라도 제사 음식을 먹이곤 하셨다. "자, 이걸 먹어야 겁이 없어진단다." 하시며 밥알이 섞인 숭늉이나 쓴 술잔을 입에 대어 주셨다. 그런 아버지의 정성 때문인지 나는 차츰 철이 들고 자라면서 올바른 자아를 찾아갔다.

사람들은 대부분 무엇인가 두려움을 가지고 살아가는지 모르겠다. 다만 그 두려움을 스스로 얼마만큼 극복할 수 있느냐 하는 것이 문제일 것이다. 어쩌면 두려움은 사람을 겸손하게 하고 진지하게 만드는지도 모른다. 전혀 두려움을 모르는 사람만큼 무서운 사람이 또 있을까.

헤밍웨이는 죽음에 대한 두려움을 잊기 위해 열심히 글을 써서 불후의 명작을 남겼다고 한다. 내가 정말로 두려워하는 것은 무엇일까 하고 진지하게 생각해 보는 하루였다.

1996. 8.

남에게 웃음을 주는 일

머칠째 벼르던 퍼머넌트를 하기 위해 미장원에 들렀다. 여전히 그곳은 나이든 손님들로 붐비고 칠십을 바라보는 원장은 오늘도 건강한 웃음을 지으며 반겨주었다. 유난히 머리카락이 가늘고 숱이 없어 파마가 잘 나오지 않는 나는, 석 달에 한 번쯤 단골 미장원으로 나들이를 한다. 여기에 오는 고객들도 나와 같은 사람들이 많아 요즘 유행하고는 거리가 먼 중년이나 할머니들이 대부분이다.

그래서인지 다른 미장원하고는 다르게 분위기 또한 가라앉고 실내는 조용한 정적이 감돌기 일쑤이다. 어떤 사람은 머리를 손질하는 시간이 지루해서 롤을 끼운 채 깜박깜박 졸기도 하고, 침침한 눈으로 하릴없이 잡지를 뒤적이거나 무료하게 시간을 보내는 사람들도 더러 있다. 오늘도 무겁게 내려오는 눈꺼풀을 치켜뜨며 지루함을 달래고 있는데 어느 중년 여인이 재미있는 이야기 보따리를 풀기 시작했다.

약간은 억센 듯한 경상도 억양이었는데, 이야기 내용도 그렇지만 그 어투가 어찌나 우습던지 처음에는 그저 쑥스러운 미소만 짓다가 나중에는 모두 박장대소를 하고 말았다. 나뿐만 아니라 그곳에 있던 손님들이나 미용사들도 모두 허리를 쥐고 웃다가 기어이 눈물까지 찔끔거리는 사람도 있었다. 그런 반응에 신이 났던지 그 여인은 자기가 알고 있는 재미있는 이야기들을 계속해서 쏟아 놓았다.

서로 눈치만 보며 조용하던 미장원 안은 갑자기 활기가 돌며 여기 저기에서 유머에 공감하는 이야기들이 터져 나왔다. "정말 말 된다. 아유! 누가 지어냈는지 기막히게 맞는 말이네."라며 원장님도 한몫 거들었다. 흔히 시리즈로 된 우문현답(愚問賢答)에는 과장이나 허풍이 많지만 그 안에 시대적인 배경이나 사회상이 그대로 녹아 있기 때문에 모두 공감하고 웃을 수 있다.

요즘은 어딜 가나 유머에 대한 인식이 많이 달라졌다. 전에는 직업적인 사람들만 재미있게 남을 웃기는 것으로 알았지만 요즘은 아주 유능한 CEO마저도 유머 감각이 없으면 자질을 의심받는다고 한다. 그만큼 유머가 우리 생활에 활력소가 되고 지루한 일상에 맛깔스런 양념이 되기 때문이다. 한 번 웃으면 한 번 젊어진다는 '일소일소'(一笑一少)라든가, 몇 초 동안의 웃음이 백 미터를 달리는 효과와 같다는 말이 아니더라도 웃음이 보약이라는 것은 누구나 잘 알고 있다.

그러나 남을 즐겁게 하고 웃음을 자아내게 하는 것은 아무나 할 수 있는 일이 아니다. 그야말로 타고난 재주가 있거나 그 방면에 자

남에게 웃음을 주는 일 ……

질이 없으면 똑같은 말을 옮겨도 아이들의 표현처럼 썰렁해지기 십상이기 때문이다. 그래서 나같이 멋없고 재주가 없는 사람은 아예 그런 방면에는 포기를 하고 살아왔다. 그저 남이 재미있게 하는 말을 듣고 덩달아 웃기나 할 뿐이었다.

얼마 전에 우리 문학회에서 주최하는 기념 행사에 초빙하기 위해 K회장님을 모시고 온 일이 있었다. 우리나라 최고의 석학이시며 철학자이자 수필가인 K선생님과 차를 타고 오면서 많은 이야기를 나누었는데, 역시 고귀한 인품에서 풍기는 여러 가지 말씀이 훈훈한 감동을 주었다. 이야기 끝에 선생님의 수필 중에 해학적인 작품을 여럿 읽었는데, 원래 성품이 재미있으신가 보다고 여쭈었더니 선생님은 껄껄 웃으시며 대답하셨다.

원래 타고난 성격은 그렇지 않았는데 오래전부터 유머의 중요성을 깨닫고 많이 연구하고 노력을 하셨다고 한다. 딱딱한 교훈이나 무거운 설교보다는 멋스런 유머 속에 자기의 사상이나 가치관을 은근히 담아 전달하는 것이 청중에게나 독자에게 훨씬 설득력이 있고 감동을 줄 수 있기 때문이라고 하셨다.

나는 그 말씀을 듣고 적지 않게 놀랐다. 대쪽 같은 학자 이시면서도 일찌감치 유머의 필요성을 느끼고 노력하셨다는 것이 신선한 충격으로 와 닿았다.

괴테는 "이해하는 사람은 모든 것에서 웃음의 요소를 발견한다."고 말했다. 모든 사물을 오해 없이 받아들이는 긍정적인 사람은 사소한 일에서도 재미를 느끼고 즐거움을 찾을 수 있다는 말일 것이다.

남을 웃게 하려는 마음 또한 상대방을 기쁘게 하고 즐겁게 하려는 깊은 배려가 없이는 불가능한 일이다. 또한 다른 사람을 웃게 하려면 자신이 근엄해져서 목에 힘을 주기보다는, 스스로 망가지거나 한없이 낮아지려는 겸손함이 몸에 배어 있어야 한다. 설사 그렇다 해도 남에게 웃음을 주며 자신까지 즐거움을 느낄 수 있는 일은 얼마나 기쁘고 값진 일일까.

요즘은 나도 어떻게 하면 남에게 웃음을 줄 수 있을까 하고 고심하게 된다. 며칠 후에는 친구들과 이틀 동안 나들이를 하기로 했다. 모처럼의 즐거운 여행길에 친구들을 봄 햇살처럼 웃게 하려면 오늘 들은 이야기를 잊지 않고 들려주어야겠다. 그러나 방금 들은 말도 돌아서면 바로 잊어버리는 요즘, 메모라도 해서 열심히 외워야겠지.

2005. 10.

꽃은 피고 또 지고

그동안 세상은 온통 꽃 천지로 물들어 있었다. 연녹색과 진초록의 나뭇잎 사이로 연분홍 산벚꽃과 하얀 조팝나무, 그리고 수줍은 새댁의 볼연지 같은 복사꽃이 완벽한 조화를 이루며 온 산야를 물들이고 있었다. 아직은 사월인데 다른 해보다 빨리 온 더위 탓인지 봄꽃들은 마치 경쟁을 하듯 앞 다투어 피어나고, 성질 급한 목련이나 벚나무는 실바람에도 꽃비를 뿌리고 있었다.

외국에서 태어난 돌쟁이 손자가 할머니와 가족들을 만나러 한국에 온 지 한 달여, 오늘은 타국 땅에 있는 저희 집으로 돌아가는 날이기에 배웅을 하고 오는 길이었다. 어린것이 지구의 반 바퀴를 돌아오느라 힘에 겨웠는지 오자마자 감기 몸살을 호되게 앓더니만, 어느새 훌쩍 커버린 모습으로 귀여운 손을 흔들며 먼 땅으로 떠나갔다.

작년 이맘때, 나에게 첫 손자가 생겼다는 기쁜 소식을 듣고도 처음

엔 별로 실감이 나지 않았다. 더구나 아들의 처가에서 산후 조리와 아이를 돌보아줄 사람이 갔다고 하니, 나는 아이를 상면하러 갈 명분도 잃어버리고 그만 백일을 넘기고 말았다. 그 후로 몇 번이나 갈 기회를 엿보았으나 이런저런 이유에 발목이 잡혀 훌쩍 일 년이 지나갔다.

그래서인지 아이들이 부지런히 아기 사진을 찍어 이메일로 부쳐주곤 했지만 내가 정작 할머니가 되었다는 자각은 들지 않았다. 오히려 누가 "할머니가 된 것을 축하하네!"라고 말하면 아직은 받아들일 수 없는 할머니란 호칭에 은근히 서글퍼지기도 했다. 그것은 손자를 얻었다는 기쁨보다 늙는다는 것에 항거하는 오만이었는지 모른다.

드디어 돌잔치를 하기 위해 며느리와 손자가 들어오고, 잔치 준비에 분주했던 며칠은 정신없이 지나갔다. 더구나 먼 거리를 오느라 힘이 들었는지 아이가 많이 아팠고 새로운 환경에 적응하느라 낯가림을 하다 보니 나와 눈을 맞추며 정을 주고받을 사이가 없었다.

그러나 아기가 서서히 낯을 익히고 몸이 회복되고 나자 집안은 난장판이 되어갔다. 호기심 많고 장난이 심했던 제 아빠를 닮아서인지, 한시도 가만히 있지를 못하는 아이는 말썽꾸러기 용사였다. 비록 말은 못하지만 옹알이와 몸짓으로 의사 표시를 하며 순식간에 일을 저지르곤 했다.

아이와 종일 함께 지내며 나는 아이의 표정만 보아도 마음을 읽을 수 있었고 무엇을 원하는지 알게 되었다. 그리고 '할머니'라는 말도 자주 쓰게 되자 어느 사이 나의 자연스런 호칭으로 받아들이게 되었다. 손자가 집에 오고 나서 우리 부부는 나이를 먹고 늙는다는 것이 반드시 쓸쓸하지만은 않다는 것을 새삼 느끼게 되었다.

그러나 그런 생각도 잠시뿐, 지금도 외롭고 쓸쓸하게 혼자 누워 계실 친정어머니를 생각하면 마음이 무겁게 내리누른다. 어머니는 지난 겨울부터 기력이 많이 떨어지셨다. 그간 지병은 많으셨지만, 그래도 정신력이나 의지가 강한 편이어서 어머니가 쉽게 무너지시리라고는 생각지 못했다.

어머니는 오랫동안 손자를 키우며 혼자 지내셨는데, 그 손자를 군대에 보내고 많이 외로워하셨다. 물론 가까운 거리에 자식들과 며느리가 살고 있었지만, 생업에 묶여 한 집에 기거하지는 못했다. 그러다보니 어머니는 애써 조석을 준비하는 일도 없어졌고, 혼자 드시는 식사는 당연히 부실했을 것이다. 그리고 무엇보다 말할 상대가 없는 외로움에 많이 지치셨을 것이다.

그런데도 자식들은 모두 저 살기에 급급하여 그런 어머니의 외로움에 미처 마음을 쓰지 못했다. 그러다보니 그것은 어머니의 커다란 마음의 병이 되었고, 이제는 기력마저 떨어져 자리에 눕게 된 것이다. 나도 어쩌다 삐쭉 어머니를 찾아뵙고 보약을 지어 드리거나 용돈을 드리는 것으로 자식된 도리를 대신하곤 하였다.

며느리가 유난스러울 만큼 제 자식을 아끼고 사랑하는 모습을 보면서 나는 혼자 누워 계실 어머니를 많이 생각했다. 나도 내 자식들을 저렇게 끔찍하게 키웠을 테고, 어머니도 우리들을 그렇게 키우셨을 것이다. 아무리 내리사랑이 인지상정(人之常情)이라지만 제대로 된 사람의 도리는 그렇지만은 않을 것이다.

어머니의 젊은 시절 사진 중에서 가장 멋진 사진이 한 장 있는데, 그것은 정말 어머니에게도 저런 시절이 있었던가 싶게 특이한 사진이었다. 요즘같이 꽃이 흐드러지게 피어 있는 봄 동산에서 어머니는 마치 취기가 오른 사람처럼 온몸을 바위에 비스듬히 기대고 서서 한 손을 호방하게 허리에 짚고 몽롱하게 웃고 있는 모습이었다. 아마도 우리가 어린 시절, 어머니가 가장 행복했던 어느 봄날의 모습일 것이다.

만지면 터질 것 같은 연녹색 새순은 어쩌면 깨물고 싶은 손자의 모습일 것 같고, 누렇게 퇴색이 되어 떨어지는 목련의 꽃잎은 어머니의 모습을 닮았다. 기쁨과 축복을 안고 나에게로 온 손자도, 지푸라기처럼 쇠잔해진 모습으로 앓고 계시는 어머니도 나에게는 소중한 가족이며 혈육이다.

꽃이 피고 또 지는 것이 자연의 법칙이라면, 사람이 태어나고 죽는 것도 세상의 순리일 것이다. 순리를 거역할 수는 없겠지만 어머니의 말년이 조금은 외롭지 않기를 간절히 기원해 본다.

2004. 5.

집수리를 마치고

열흘 동안 북새통을 치며 공사를 하던 집수리가 드디어 끝났다. 언제부터인가 아파트 거실 바닥에 거뭇거뭇한 얼룩이 조금씩 생기기 시작하더니 그것은 마치 암세포가 퍼지듯 검은 반점이 되어 점점 크게 번져갔다. 아마도 거실 바닥 밑에서 습기가 생겨 썩고 있는 것이라는 짐작이 갔다.

그러나 그 습기가 어떻게 생겨서 썩고 있는 것인지 알 수가 없었다. 차일피일 미루다가 드디어 집수리를 하기로 하고 공사를 맡은 곳에서 사람이 왔다. 그는 집안 구석구석을 돌아보더니 목욕탕의 방수 처리가 덜 되어 물이 새는 것 같으니 그곳을 뜯어내고 다시 바르면 될 것이라고 아주 쉽게 말하고 돌아갔다.

그러나 막상 공사가 시작되어 여기저기를 뜯어보니 물이 새는 곳은 엉뚱하게도 온수 파이프였다. 온수 파이프에 미세한 구멍이 뚫려 있어 몇 년 동안 새어 나와도 모를 만큼 조금씩 누수가 된 물이 온통 집안을 습기 차게 만들고 썩게 하였던 것이다. 온수 파이프는 아예 제과점의 파이처럼 삭아 있었다.

처음에 공사를 의뢰한 기술자와 상의를 하니 집안에 있는 냉 · 온수 파이프를 모두 바꾸어야 한다는 것이었다. 간단하리라고 생각했던 집수리가 느닷없이 큰 공사를 벌이게 된 것이다. 짐을 딴 곳으로 옮길 만한 곳도 없는 좁은 아파트 공간에서 수리를 한다는 것이 얼마나 힘들고 심란한 것인지 짐작하기 때문에 맥이 쑥 빠졌다.

그러나 미룰 수도 없는 일이어서 마음을 다져먹고 일을 시작하였다. 첫날은 인부 두어 명이 와서 망치로 시멘트 바닥을 깨어내고 파이프가 있는 자리를 찾았다. '쾅쾅!' 하고 망치질을 할 때마다 아파트 전체가 흔들리는 듯해서 가슴까지 오그라드는 듯하였다. 관리실에 허락을 얻고 이웃들에게 양해를 구했지만 집안에 환자 분이 계시거나 아기가 자고 있는 집은 없는지 걱정이 되었다.

시멘트 먼지를 뒤집어쓴 채 지쳐 있다가 망치 소리가 그쳐서 보니 인부들은 보이지 않고 거실 바닥의 낡은 파이프들이 얼기설기 모습을 드러냈다. 온수 파이프는 그동안 어떻게 물이 통과했는지도 모를 만큼 부식되어 있었다.

나는 그것을 들여다보다가 사람의 혈관도 나이가 먹고 병이 들면 이렇게 되리라는 생각이 들었다. 우리의 혈관도 조금씩 노폐물이 쌓여가다가 감당할 수 없을 때에는 누수가 되거나 터져버리는 것이리라. 다행히 수술로 고장 난 곳을 고치기도 하지만 만약 수도관처럼 새것으로 바꿀 수 있다면 인간의 수명도 훨씬 길어질 수 있을 것이다.

다음날은 여러 명의 기술자들이 동파이프를 가지고 와서 연결하는 작업을 했다. 산소 용접기를 가지고 와서 파란 불꽃을 내며 파이프를 연결하는 일은 고도의 기술을 필요로 하는 일인 것 같았다. 파이프 공사를 하고 난 이튿날은 시멘트와 모래를 가져다가 파낸 부분을 메우는 미장일을 하였다. 시멘트가 마르도록 며칠을 기다린 후 아주머니들이 도배를 하고, 맨 마지막으로 바닥재를 깔면서 모든 집수리가 끝났다. 그동안 여기저기에 옮겨 놓았던 가구와 물건들을 깨끗이 닦아 제자리로 갖다놓는 일은 전부 나의 몫이었다.

요즘은 모든 직업이 전문화되고 세분화되어서인지 집수리를 하는 것도 사람마다 하는 일이 전부 달랐다. 망치질을 하는 사람이나 남은 쓰레기를 치우는 사람도 같은 사람이 아니었다. 그중에 어느 한 사람이라도 없으면 공사가 지연되고 다음 일의 진행이 안 되었다. 이렇게 한낱 집수리를 하는 데도 여러 사람의 손길이 닿아야 하니 큰 건물을 짓거나 물건을 만들어내는 제조업체의 어려움이 짐작이 되었다.

며칠 동안 고생한 보람이 있어 수리가 끝난 집안은 밝고 깨끗해졌다. 집수리를 하는 통에 십 년 묵은 먼지까지 털어내고 대청소를 하고나니 모처럼 집안에 윤기가 돌고 새로워진 기분이 들었다.

나는 큰일을 치르고 난 듯한 후련함에 차를 끓여서 천천히 마시며 집안을 둘러본다. 어느덧 이 집으로 이사 온 지 십삼 년이 되었다. 비록 수리를 하여서 집안은 깨끗해졌지만 오래된 가구며 낡은 집기들이 세월의 켜가 되어 지나온 시간들을 말해주는 듯하다. 문득 집수리만 할 것이 아니라 사람의 몸이나 마음도 가끔 수리를 해야 할 것이라는 생각이 들었다. 특히 요즘은 몸의 건강에는 관심이 많아서 미리 검사나 진단을 받고 관리를 잘하지만 마음의 건강 관리에는 소홀한 것 같다.

어릴 때는 순수하던 마음도 점점 나이를 먹어 아집이나 욕심의 때가 끼면 막힌 수도관처럼 썩어갈지 모른다. 다시 어린아이로 되돌아갈 수는 없지만 오늘은 집수리를 하듯이 오랜 묵상을 통하여 마음 구석구석에 낀 먼지를 털어내야겠다. 그리고 이기나 집착으로 병들어 있는 마음이 있다면 훌훌 털어버리는 연습을 해야겠다.

1997. 10.

특별한 초대

요즘 매주 목요일이 되면 설레는 마음으로 찾아가는 곳이 있다. 그는 나를 귀한 손님으로 정중하게 초대하기에 흐트러진 머리도 가다듬고 옷매무시도 고치며 오랜만에 해후하는 연인을 만나러 가듯 내 마음은 달콤한 기대에 잔뜩 부풀러 있다.

그는 더러 처음 대하는 사람처럼 아주 낯선 느낌을 안겨주기도 하고 낯가림이 심한 나를 어리둥절하게도 만든다. 그러나 어느 때는 운 좋게도 내 기대를 배신하지 않고 옛날처럼 나의 귀에다 달콤한 밀어를 속삭여주거나 질풍과 노도(怒濤) 같은 열정의 도가니로 이끌어 준다. 나는 잠시 현실을 잊고 그를 따라서 푸른 잔디 위에서 춤을 추거나, 격정적인 포옹에 몸을 떨며 짜릿함을 맛보기도 한다.

이렇게 그를 다시 만난 것이 얼마만인가. 정말 그동안은 까마득히 잊고 살았다. 그와 은밀하게 나누는 대화보다는 가깝게 접할 수 있고 시끌벅적하지만 손쉽게 즐길 수 있는 다른 것들이 나를 유혹했기 때문이다. 나는 새로운 친구들과 노는 재미에 빠져 옛 연인쯤은 쉽게 잊어버릴 수 있었다. 그러다가 그와 다시 해후하게 된 것은 거의 이십오륙 년쯤 되는가보다.

작년에 동네에 있는 여성회관에서 오페라 공연이 있다기에 보러 갔다가 우연히 어떤 안내장이 눈에 띄었다. '목요 클래식 인비또(invito)'라는 제목이 붙어 있었는데 인비또란 이태리어로 '초대'라는 뜻이라고 한다. 어떤 초대인가 하고 읽어보니, 매주 목요일마다 그곳에서 클래식 감상회를 열고 있었는데 입장료는 그야말로 차 한 잔 값도 안 되었다.

어느 날 우연히 무료함을 달래기 위해 찾아간 그곳에서, 오랜만에 접한 클래식 음악은 세월에 찌들어 가물가물 꺼져가던 내 감성에 불씨를 당겨주었다. 아주 오래전에 즐겨 듣던 곡들은 그동안 무심했던 나의 변심을 질책하거나 타박하지도 않고 나를 포근히 안아주었다. 긴 포옹을 하고 나자 우리는 오랜 공백을 뛰어넘어 단번에 화해를 하고 말았다.

더구나 예전에는 소리로밖에는 들을 수 없던 현란한 연주를 커다란 대형 스크린을 통해서 세계의 거장들과 만나고 시간을 초월한 모습들을 보니, 정말 유명한 오페라하우스에 와서 음악회를 보고 있는 느낌이었다. 거기에다 유능한 해설자가 나와서 중간 중간 곡의 해설까지 해주니 나같이 무식한 관객에게는 그야말로 금상첨화였다.

처녀 때 가끔 음악 감상실에 가거나, 멋으로만 듣던 클래식 음악을 가까이 하게 된 것은 70년대 말쯤부터이다. 여섯 살짜리 아들이 사고로 눈을 다치고 난 후, 나는 자책감과 괴로움에 빠져 사람들을 멀리 했다. 빤한 동네에서 소문은 꼬리에 꼬리를 달고 무성했고, 진실보다 헛소문을 듣고 위로하러 오는 사람들이 고맙기는커녕 위선자처럼 느껴졌다.

그때 나를 구원해주고 위로해준 것이 음악이었다. 이웃에서 금식 기도를 해준다거나 종교에 의지하도록 이끌어주는 손길도 매몰차게 마다하고 오로지 집에 틀어박혀 음악만 들었다. 지금 생각해도 무슨 오기였는지 모르겠다. 그러면서도 너무나 사람이 그립고 외로웠다. 누군가 내 진심을 알아주고 "너는 아무 잘못이 없다. 단지 어미가 된 잘못이지."라고 말해주길 바랐는지도 모른다.

내가 입을 닫고 사는 동안, 음악 속에는 내가 말로 하고 싶던 외로움과 그리움, 그리고 울분과 분노 같은 감정들이 그대로 들이 있었다. 처음에는 누구의 무슨 곡인 줄도 모르고 끓어오르는 감정을 삭이기 위해 무조건 볼륨을 크게 하고 들었다. 그러다가 차츰 곡이 귀에 익숙해지면서 조금씩 음악의 느낌도 알아가고 제법 좋아하는 곡도 생겼다.

그 당시에는 레코드점에 가서 LP판을 사다가 흠집이라도 날까봐 아껴가며 듣곤 했는데, 이듬해 남편이 해외 근무를 하면서부터는 '데카'나 '그라마폰' 같은 원판들을 구해서 보내오는 바람에 월급쟁이로서는 분에 넘치는 음반들도 소장하게 되었다. 그렇게 욕심을 부리다 보니 음향기기도 몇 번 바꾸고 제법 음악 애호가 흉내도 냈다.

　그렇게 칩거하던 몇 년 후, 나는 세상과 다시 화해를 하고 밖으로 나왔다. 그리고 취미 생활이나 운동을 한다며 바쁘게 살다보니 클래식 음악은커녕 대중가요도 진중하게 듣기 힘들어졌다. 가끔 음악회에 가거나 라디오에서 클래식 음악을 들어도 커다란 감동이 없이 그저 무심코 흘려듣곤 했다.

　그런데 나이 탓인가 외로움 탓인가, 요즘 들어 클래식 음악이 다시 귀에 들어왔다. 아무래도 '특별한 아침을 여는 인비또' 덕분인지 모르겠다.

　예전처럼 격정적인 울림은 아니더라도 다정한 친구처럼 내 마음을 어루만지며 잔잔한 기쁨을 안겨주었다. 게다가 음악을 같이 듣기 위해 멀리서 일부러 찾아오는 친구 덕분에 친구도 만나고 음악도 들을 수 있어 얼마나 다행인지 모르겠다.

　같은 취미를 즐기고 같은 기쁨을 공유할 수 있는 친구를 만나는 것이 어쩌면 아주 사소한 일상이 될지도 모르지만 요즘은 그 사소한 일마저도 그렇게 소중하게 느껴질 수가 없다. 라틴어로 '카르페 디엠'이라는 말이 있다. "오늘의 행복을 내일로 미루지 말라."는 뜻이라고 한다.

　젊을 때는 그저 앞만 보고 살았다. 이제 나이를 먹고서야 그런 말이 무엇을 의미하는지 어렴풋이 알 것 같다. 그러기에 특별한 초대가 더욱 귀하고 소중하게 느껴지는 아침이다.

2007. 5.

상처와 용서

오랜만에 산에 올랐다. 늘 보던 나무들이고 지주 걷던 익숙한 길인데도, 오늘따라 아주 새롭고 경이롭기까지 한 느낌은 무엇 때문일까. 자세히 들여다보니 그동안 몰라보게 나뭇잎이 푸르게 변하였고, 그간 숨어 있던 꽃들도 봉오리를 터뜨리고 누군가 보아주기를 기다리고 있었다.

그렇게 오월의 만물은 새롭게 변신하여 약동하고 있었다. 오직 변하지 않은 것은 융통성 없는 내 좁은 마음뿐이었다. 오늘따라 새들의 지저귐이 수다스러울 정도로 청아하다. 무슨 말을 전하려고 저리도 쉬지 않고 울어대는 것일까. 저 새들은 지난 겨울 그리도 혹독한 추위와 폭설 속에서 어디에 숨어 지내다가 목숨을 부지하였을까. 혹한의 겨울을 넘기고 맞는 봄이어서 더 하고픈 이야기가 많은 걸까. 이런 저런 생각에 몰두하며 숲길을 걷는데 까치 한 마리가 길섶에 앉아 있다. 인기척에도 달아날 생각을 않고 무언가를 열심히 쪼아 먹는다. 아마도 새끼에게 물어다 줄 먹이를 찾고 있는지도 모른다.

그 길던 겨울이 지나 추위가 물러가고 봄이 오면서 난 심하게 봄을 타고 있었다. 개나리와 진달래가 현란하게 피어나고 만물이 소생하는 계절에 마치 나 혼자만 추운 벌판에 서 있는 느낌이었다. 그것은 가까운 사람에게 상처를 받고, 그를 미워하는 마음이 오랫동안 풀리지 않아 몹시 괴로웠기 때문이다. 사람이 사람을 미워하는 것만큼 괴로운 일이 있을까. 섭섭함이 지나쳐 배신감이 들었고, 그런 마음 때문에 정신적인 소모가 아무리 커도 마음을 바꾸기가 몹시 힘들었다. 그런 마음의 불균형은 곧 육체의 건강에도 해를 끼쳐 여기저기가 삐걱거리기 시작했다.

우선 오래 나를 괴롭히던 목 디스크가 재발하여 어깨 근육이 굳어지며 목이 뻣뻣해졌다. 그러더니 통증이 등으로 해서 허리까지 내려왔다. 그렇지 않아도 갱년기 증후군으로 여기저기 아프던 몸이 옳다 싶었는지 저항을 하기 시작했다. 당연히 육체의 주인인 마음이 평정을 잃고 비틀거리니 그럴 수밖에 없으리라. 가까운 친구가 내 사정을 듣더니, 척추 교정을 적극적으로 권하는 바람에 척추 치료를 받기 시작했다. 단순히 척추를 교정시키는 일뿐 아니라 기공과 활법(活法)을 이용해서 뭉친 근육을 풀어주고 뼈를 바로 잡아주는 치료법인데, 치료 과정의 고통이 이만저만이 아니었다. 나는 그 힘든 치료를 받기 위해 매일 서울까지 다니느라고 봄의 향내도 맡지 못하고 아름다운 계절을 보내고 있었다.

그러나 얼마 후 애쓴 만큼 건강이 차도를 보이지 않자, 나는 만사가 귀찮고 아무 의욕도 나지 않아 우울 증세까지 갖게 되었다. 마음이 건강해야 몸도 건강하고 몸이 건강해야 마음도 건강할 수 있다는 평범한 진리가 그대로 드러나는 과정이었다. 얼마 전에 어느 신부님이 쓴 『상처와 용서』라는 책을 읽고 감동을 받은 적이 있다. 상처는 친밀함을 먹고 자라기 때문에 가까울수록 서로에게 상처를 주고 상처를 받는다고 하였다. 그리고 사람들은 그 상처에서 나오는 고통의 독소 때문에 모두 괴로워한다고 했다.

저자는 상처를 치유하기 위해서는 모든 것을 용서하는 길밖에 없다고 했다. '용서한다'는 것은 추상적인 행위가 아니며 구체적인 의지를 가지고 실행해야 한다고 말했다. 그러기 위해서는 먼저 자기 자신을 용서하고 자신을 사랑하라고 했다. 나 자신을 용서하고 사랑할 수 있어야 남도 사랑할 수 있다는 것이다.

오월은 자연이 우리에게 주는 커다란 수혜(受惠)의 달이다. 사랑과 감사가 넘쳐나고 꽃과 숲은 꿀과 향기로 가득하다. 이런 좋은 계절에 몸과 마음이 병들어 어둠과 괴로움 속에서 허우적거릴 수만은 없다.

하기는 내가 자신을 사랑하지 않으면서 누구를 사랑할 수 있단 말인가. 한때는 자신이 미워 스스로를 방관하고 학대하곤 했다. 이제 더 이상 나의 상처를 방치할 수만은 없지 않겠는가. 나는 우선 나 자신을 용서하고 사랑하려고 노력해야겠다. 그래야만 나에게 상처 준 사람을 용서하고 사랑할 수 있으며 나의 몸도 평안을 찾을 것이다.

2002. 5.

나를 사로잡는 것들

말없는 몸짓의 언어, 춤에 매료되기 시작한 것이 언제부터였을까. 맏이로 태어난 나는 무척이나 소심하고 내성적인 아이였다. 어렸을 적, 우리 집에 처음 손님이 찾아오면 인사하기가 부끄러워 변소로 숨어들 만큼 수줍음이 많던 아이였다. 학교에 들어가서도 있는지 없는지 모르리만큼 조용하고 말이 없었다.

초등학교 3학년에 올라가서 얼마 되지 않아서였다. 어느 날 선생님이 반 아이들 중 몇 명을 호명하시더니 방과 후에 잠깐 남으라고 하셨다. 우리는 무슨 일인가 싶어 궁금증을 참으며 선생님을 기다렸다. 한참 후에야 선생님이 오시더니 얼마 후에 있을 학교 예술제에 우리가 무용을 하기로 뽑혔으니 다음 날부터 연습을 하라는 것이었다.

무슨 날벼락 같은 말씀인가. 무용은 선배 언니들이 하는 것을 몰래 숨죽이며 엿본 일은 있지만 내가 해볼 염두는 꿈에도 없었는데… 그러나 지엄하신 선생님의 명령에 걱정은 되면서도 으쓱하고 들뜬 마음은 오래도록 잊을 수가 없었다. 그리고 다음날부터 연습에 들어가야 되니 무용복을 준비해 오라고 하셨다. 그런데 황당한 일은 그 무용복이라는 것이 몸에 꼭 붙는 타이츠에 폭이 넓은 짧은 스커트였다.

부모님께 말씀드렸더니 무용복을 맞춰줄 여유도 없거니와, 그런 망측한 것을 어떻게 입느냐고 완강히 반대를 하셨다. 나는 두 번 다시 입도 떼어보지 못한 채 무용에 대한 꿈을 접고 말았다. 그리고 날마다 친구들이 연습하는 장면을 몰래 숨어서 보곤 했다. 나중에 커서 생각하니 그때 왜 떼를 써서라도 부모님을 조르지 못했을까 하는 안타까움이 인다.

그리고 나는 까마득히 춤이란 것을 잊고 살았디. 혹시 주위에 무용하는 친구들이 있어도 그들과 나는 전혀 다른 세계에서 살았다. 그러다가 결혼을 하고 아이 둘을 낳자, 그렇지 않아도 넉넉한 몸집에 살이 붙어 무슨 운동이든 해야만 했다. 남편을 따라 테니스장에 가서 그것을 배워보려고 무진 애를 썼건만, 팔목 부상만 입고 그만 포기하고 말았다. 또 동네 수영장에 가서 수없이 물을 먹어가며 수영을 배워보려고 하다가 중이염 때문에 그것도 도중하차하고 말았다.

도대체 운동이라고는 기본적인 달리기도 못하니 당연한 일인지도 몰랐다. 항상 체육 시간만 되면 걱정이 앞서 두통이 왔고, 운동회나 체력 단련 시간에도 매번 꼴찌만 했으니 어쩌면 자연스런 귀결이었는지도 몰랐다. 그러나 무슨 운동이건 좋아하고 나의 실체를 모르는 남편은 무슨 운동이든지 하라고 날마다 채근이었다. 스트레스를 받아서인지 나날이 몸무게는 늘고 걱정은 태산 같았다.

그즈음 같은 동네에 사는 친구가 찾아왔다. 가까운 곳에 에어로빅 운동을 가르치는 곳이 생겼는데 같이 다녀볼 생각이 없느냐는 거였다. 20년 전만 해도 에어로빅이 많이 보급되기 전이어서 젊은 아낙네들이 바람나기 쉬운 춤 교습소가 아닌가 싶기도 했다. 그러나 춤보다는 운동이라는 말에 용기를 내어 남편에게 물어보니 그거라도 해보라며 흔쾌히 허락을 하는 것이었다.

처음 등록을 하고 운동복을 입은 후 그 쑥스러움과 부끄러움은 이루 말할 수가 없었다. 다른 사람들은 날씬한 몸매를 자랑하듯 몸에 꼭 조이는 운동복을 입고 날렵한 동작으로 자신만만하게 운동을 하였다. 그러나 나는 뚱뚱한 몸매에 마음 따로 몸 따로 도무지 내 의지대로 되는 게 하나도 없었다. 나는 혼자 얼굴이 벌개지도록 애를 쓰며 맨 뒤에서 뒤뚱거렸다.

에어로빅 운동이란 원래 서양에서 들어온 유산소 운동이지만, 그 시절의 동작은 운동이라기보다는 신나는 춤을 추고 있는 것 같았다. 경쾌한 음악에 맞춰 멋지게 춤을 추는 선생님의 율동을 보며 나는 그만 넋이 빠졌다. 어쩌면 사람의 몸짓에 저렇게 수많은 표정이 있을까 하고 새삼 놀랐다. 더구나 앞모습도 아닌 뒷모습을 보면서… 적당히 볼륨도 있고, 근육으로 단련된 몸매에 정확하고 날렵한 동작이 그만 나를 황홀경 속에 몰아넣고 말았다. 더구나 그런 선생이 처녀도 아닌 나와 비슷한 연령의 주부라는 것에 더욱 놀랐다.

그날 밤 나는 흥분 때문에 잠을 이룰 수가 없었다. 여태까지 잊고 있었던 춤에 대한 열망이 한꺼번에 깨어나는 듯했다. '나도 꼭 저렇게 따라서 해봐야지.'라는 무모한 용기가 어디서 나왔는지 모르겠다. 아무튼 그날부터 앞에서 뛰는 선생님을 열심히 흉내 내기 시작했다. 남들이 팔을 올릴 때 한 박자가 늦어 발을 올리면서도 끝까지 따라 하였다. 몸살을 앓고 코피가 터져도, 나는 포기하지 않고 에어로빅을 배우려고 무척 애를 썼다.

남편도 처음에는 며칠 다니다가 그만두겠지라고 생각하다가 은근히 놀라는 눈치였다. 내가 하도 열심히 하니까 모른 체하던 선생님도 관심을 보이며 칭찬해주었다. 그러니까 더 신이 나고 자신감이 생겼다. 나중에는 내 자신에 도취되어 정말 내가 진작부터 춤에 소질이 있었던 것은 아닐까라는 생각까지 하게 되었다. 시간이 흐르며 점점 동작에도 힘과 자신이 붙게 되고 에어로빅의 묘미에 사로잡혔다.

건강을 위해서라는 명분도 있지만, 나는 그 뒤로 이십 년 동안 거르지 않고 에어로빅 운동을 해왔다. 슬플 때는 슬픔을 잊기 위해서 열심히 뛰었고, 기쁠 때는 더 신이 나서 운동을 했다. 춤을 추고 있을 때는 모든 것을 잊고 내가 그 속에 빠져들었다. 땀을 흠씬 흘리고 난 뒤 샤워를 끝내고 나오면 몸과 마음은 날아갈 듯이 상쾌하고 가벼웠다. 몸이 건강해야 마음도 건강하고, 또 건전한 마음을 지니고 있어야 신체적인 건강도 유지된다고 생각한다.

오늘도 오십이 넘은 나는 젊은이들 틈에 끼어 열심히 에어로빅을 한다. 몸이 후끈 달아오르며 땀이 비 오듯이 쏟아진다. 그리고 그 몰아(沒我)의 세계에서 또 다른 나를 만난다.   2000. 10.

군살을 빼야지

언제부터인가 체중이 조금씩 늘어나기 시작했다. 그러던 것이 오십이 넘고 나서는 한계에 도달했는지, 오늘은 의사 선생님이 건강을 위하여 체중을 줄이라고 충고한다. 나는 처녀 때부터 가냘픈 몸매는 아니었다. 지금처럼 살이 찐 것은 아니었지만, 동네 어른들이 보시면 복스럽게 생겼다느니 맏며느리감이라는 이야기는 많이 하셨다.

그래서인지 어릴 때부터 나는 아무거나 잘 먹었다. 처녀 시절 남편과 연애를 할 때도 입맛이 까다롭지 않아 가난한 애인에게 별로 부담을 주지 않았다. 그 후 결혼을 하고 아이들을 낳아 기르면서 내 손으로 음식을 장만하다 보니 아무리 노력해도 허리 둘레는 조금씩 늘어갔다. 게다가 살이 잘 찌는 체질인지, 운동도 열심히 하고 나름대로 부단한 노력을 해도 별로 효과가 없었다.

하기는 남편은 세 끼니를 꼬박 챙겨 먹고 술까지 좋아하는데도 살이 별로 찌지 않는 것을 보면 조금은 억울한 생각마저 든다. 아무리 변명을 해봐도 남편의 지론대로라면 먹은 것만큼 에너지를 소비하지 못하니까 남는 것이 축적되어 지방이 되는 것이라니 할 말이 없다. 내가 게으르거나 식욕을 참지 못하고 과식(過食)을 하는 모양이다.

얼마 전에 친구 부부와 배나무 과수원에 다녀온 일이 있다. 과수원이야 친구네 것이지만 직접 농사를 지을 수 없어 남에게 맡겼으니 가서 먹을 거라도 따오자고 떠난 길이었다. 우리가 떠난 날은 하늘이 쪽빛으로 파랗고 상큼하게 맑은 전형적인 가을 날씨였다. 모처럼 도심을 벗어나 누렇게 익은 황금 들판과 조금씩 물들기 시작하는 산야를 바라보며 달리는 기분은 몸도 마음도 날아갈 듯 상쾌하였다.

과수원에 도착하니 모두 외출 중인지 관리인이 살고 있는 집은 텅 비어 있었다. 우리는 산 위에 지어 놓은 평상에서 점심을 먹기로 하고 산길로 올라가는데, 그만 나도 모르게 함성이 터져 나왔다. 밤송이들이 맘껏 여물어서 저절로 떨어진 밤들이 지천으로 널려 있었기 때문이다. 공기 좋은 곳에서 점심이나 맛있게 해 먹고 배나 몇 개 따 오려고 생각했지, 밤이 있으리라고는 짐작도 못했다.

우리는 밥을 해 먹을 생각도 잊은 채 "어머나, 이 밤 좀 봐."라는 감탄사를 연발하며 밤 줍기에 여념이 없었다. 남자들이 배가 고프니 식사부터 하자는 바람에 겨우 정신을 차리고 가져간 고기를 굽고 지지고 하여 모처럼 맛있게 점심을 먹었다. 식사를 끝낸 뒤에도 욕심껏 밤을 줍고 배를 따느라 시간 가는 줄도 몰랐다.

어느덧 가을 햇볕이 산 너머로 숨기 시작할 때, 우리는 배낭과 보따리에 가득 담긴 배와 밤을 가지고 산을 내려왔다. 각자 양손 가득히 보따리를 들고 산을 내려오는데, 어찌된 셈인지 우리가 먹은 쓰레기 보따리는 준비해 간 분량보다도 더 커져 있었다. 빈 병이나 일회용 용기가 있어서 그렇겠지만, 네 명이 먹고 난 쓰레기의 분량은 실로 어마어마했다.

그런데 어쩐 일인지 배와 밤 보따리에 쓰레기까지 가득 싣고 돌아오는 길은 그리 상쾌하고 즐겁지가 않았다. 모처럼 과식을 한 위(胃)는 소화를 시키지 못하여 반란을 일으키고 있었고, 남편은 술에 취해 곯아떨어져 있었다. 돌아오면서 생각하니 집에 가져가야 먹을 식구도 없는데 욕심을 부려가며 배를 따고, 밤을 깡그리 주워 온 일이 마음에 걸리기 시작했다.

언젠가 어느 산에서 현수막을 걸어 놓은 걸 본 일이 있다. 거기에는 다람쥐들이 "우리가 먹을 겨울 양식을 남겨주세요."라며 애원하는 모습이 그려져 있었었다. 그때는 무심코 "사람들도 정말 너무 하네. 동물들도 겨우살이를 해야 될 텐데 밤과 도토리를 다 주워 가면 어쩐단 말이야." 하고 내가 자연 애호가가 된 듯이 흥분한 적도 있었다. 그런데 오늘 나의 행동은 어떠했는가. 남의 잘못은 쉽게 꼬집고 비난하면서 정작 자신의 욕심은 깨닫지 못하니 말이다.

어린 시절 내가 살던 우리 집은, 시골에서 온 손님들로 항상 북적거렸다. 섬에서 사는 고향 친척들이 도시에 볼일이 생기면 여인숙처럼 늘 머무는 곳이 우리 집이었다. 어머니는 넉넉지 않은 살림을 꾸

군살을 빼야지 ……

려나가시느라 손님들이 오면 전전긍긍하셨으나, 할머니는 오는 친척들을 누구라도 반기셨다. 설사 우리가 먹을 것이 없어도 손님들이 오시면 당장 밥상을 내와야 했다.

그리고 먹다 남은 반찬 찌꺼기는 꼭 모아서 도둑고양이 밥으로 놓거나 개를 키우는 집에 갖다 주곤 하셨다. 그것은 옛어른들이 까치를 위해서 감 몇 개는 따지 않고 남겨 둔다든지 산짐승들을 배려해서 도토리나 밤을 남겨 놓는 이치와 비슷할 것이다. 사람이나 동물이나 혼자서는 살 수가 없다. 서로 나누고 공유해야만 같이 살아갈 수 있다는 평범한 진리를 오늘 또 잊은 것이다.

문득 나의 몸에 군살이 붙고 체중이 느는 것도 남보다 식탐(食貪)이 많아서라는 생각이 든다. 마음을 다져 먹고 군살을 빼야겠다. 더불어 암 덩이처럼 마음속에 고여 있는 욕심과 미련의 군살도 자라지 못하도록 잘라버려야겠다.

가을 해는 정말 노루 꼬리만큼 짧아져서 주위는 벌써 어둠 속에 잠기고 있다. 도시로 들어오는 차량의 행렬에는 어느덧 불이 켜지고, 꽉 막힌 도로마다 귀가 전쟁을 벌이는 모습에 마음이 덩달아 바빠지기 시작한다.

2000. 10.

소리로 어둠의 빛을

얼마 전 텔레비전에서 어느 시각 장애자의 음악 세계를 다룬 프로를 보았다. 빛을 볼 수 없는 여건에서도 여러 가지 악기를 다루며 많은 곡을 만들어 세계 음악제에 출품하여 수상하게 되었다는 내용이었다. 무심코 화면을 보다가 언젠가 만난 적이 있는 청년이라는 것을 알게 되었다.

작년에 수필 공부를 마치고 선배 한 분과 지하철을 타고 귀가하던 중이었다. 전철에서 가끔 볼 수 있듯이 앞을 못 보는 청년이 구걸을 하러 다니는데, 다른 사람들과는 달리 하모니카나 노래도 부르지 않고 대신 가슴에 커다란 선전용 판넬을 들고 다니는 것이었다. 그것을 읽어보니 음악당 건립을 위한 기금을 모금한다는 내용이 씌어 있었다.

순간 흑백 사진처럼 오래 전 어느 잡지에서 읽었던 여인의 수기가 떠올랐다. 결혼한 지 얼마 되지 않아 아들 하나를 두고 남편을 잃었는데, 그 아들마저 백일을 갓 넘기자 시력을 잃었다는 것이었다. 그 여인은 생계를 위하여 일하러 나가야만 하는데 아이를 돌봐줄 사람이 없어 밖에서 자물쇠로 문을 잠그고 행상을 나서곤 했다고 한다.

대신 아이가 있는 방에는 하루 종일 먹을 것과 장난감으로 소리 나는 공을 놓아두었다고 했다. 어린것을 혼자 놔두고 발걸음을 떼어야 했던 어머니의 심정이 오죽했을까. 그러나 아이는 청각이 발달해서인지 점점 음악적인 재질을 보이기 시작했다. 그 여인은 아들의 재질을 키워주려고 그 어려운 여건 속에서도 동분서주하며 아들의 음악 활동을 위하여 역경을 이겨 나가는 눈물겨운 내용이었다.

그 청년을 보자 어쩐지 예전에 읽었던 그 여인의 아들이 아닐까 하는 생각이 들었다. 만약 그 아이가 이렇게 청년으로 컸다면 대견하다는 생각과 함께 그에게 조금이나마 도움이 되고 싶었다. 나는 살그머니 지갑을 열고 돈을 꺼내려는데 그 청년은 마치 나를 보고 있기라도 한 것처럼 복잡한 인파 사이를 뚫고 내 앞에 와 서더니 "혹시 저에 대한 기사를 본 일이 있거나 들은 적이 있으세요?"라고 묻는 것이었다. 오래 전에 청년 어머니의 글을 잡지에서 읽은 것 같다고 했더니 그는 내 손을 꼭 잡으며 자기의 부탁을 들어줄 수 있느냐고 묻는 것이었다. 나는 무슨 부탁일까 궁금하기도 했지만 그저 대수롭지 않게 생각하고 승낙을 하였다.

그러자 그는 갑자기 내 앞에 무릎을 꿇고 앉아 구두를 벗기더니 내 발을 이리저리 만지는 것이었다. 그의 갑작스런 행동에 놀라기도 하고 당황했지만 그렇다고 얼른 그의 손을 뿌리칠 수가 없었다. 그는 자기의 음악 공부에 참고가 되고 도움이 필요해서 그렇다며 조심스레 내 발등에 올라앉더니 나에게 박자를 맞추듯 두 발을 움직여 달라는 것이었다. 나는 순간적으로 얼굴이 화끈 달아올랐다.

아들 또래의 청년이 창작에 필요하다고 해서 거절은 할 수 없었지만 전철 안의 수많은 사람들이 그의 해괴한 행동에 호기심 어린 시선을 집중시키고 있었기 때문에 나는 너무도 당황하고 말았다. 그러나 그의 행동을 당장 그만두라며 제지할 수가 없었다. 그렇게 하는 이십여 분이 나에게는 두 시간도 넘게 느껴졌다. 내가 왜 주제넘은 동정심에 이런 곤욕을 치를까 하는 생각에 후회가 막심했다.

그러나 나로 인해 이 청년이 새로운 충동이나 영감을 얻어 훌륭한 곡을 만들 수 있다면 수치스럽더라도 참아 보자는 생각이 순간적으로 나를 혼란스럽게 했다. 음악을 물론이거니와 모든 예술 창작은 피나는 고통 없이는 이루어질 수 없는 것이라고 생각하던 나로써도 그 청년의 행동은 이해할 수가 없었다. 아무튼 집에 돌아와서 생각해봐도 나에게는 잊을 수 없는 충격적인 일이었다.

그런데 그동안 잊고 있었던 그일이 오늘 텔레비전 화면을 통하여 다시 떠오른 것이었다. 그 청년은 32현의 가야금을 만들어 창작 생활에 몰두할 뿐만 아니라 자신의 음악적인 꿈을 마음껏 펼칠 수 있는 음악당을 건립하기 위하여 수많은 노력과 정성을 쏟고 있었다. 하물며 지하철에서의 모금 운동도 아직까지 계속하고 있다는 이야기였다.

그는 비록 앞을 보지 못하지만 소리로 감동을 주는 음악을 만들어 어둠 속에 있는 여러 사람들에게 빛을 주고 있다는 생각이 들었다. 나는 화면을 보면서 그날 전철 안에서 창피했던 기억을 떠올렸다. 내가 부끄러워했던 행동들이 정말 그에게 음악적인 자양분이 되어 도움이 되었다면 그것은 음악을 잘 이해 못 하는 나에게도 보람으로 남을 것이다.

더욱 놀라운 사실은 아직도 아들의 음악 활동을 위하여 이리저리 뛰며 고군분투하는 그의 어머니의 모습을 보면서, 훌륭한 아들 뒤에는 훌륭한 어머니의 정성이 존재한다는 것을 깨닫게 되었다. 그리고 "나는 아이들을 위해 무엇을 했던가."라는 자책감이 가슴을 저리게 했다.

1995. 9.

친구의 아픔

친구와 헤어져 밖으로 나오니 쏟아지는 햇빛으로 눈이 부셨다. 나는 멍하니 서서 하늘을 올려다보았다. 비온 후의 쾌청한 날씨처럼 파란 하늘에는 구름 한 점 없다. 발걸음을 옮기며 조금 전에 친구와 나누었던 얘기들을 곰곰이 생각해본다. 정말 사람의 운명이란 것은 태어날 때부터 정해지는 것일까. 그리고 아무리 발버둥쳐도 그것을 벗어날 수가 없는 것일까. 아무도 대답을 줄 수 없는 어리석은 의문이 오늘따라 아프게 머리를 맴돈다.

그 친구와 만난 것은 묘한 인연이었다. 십육 년 전, 한 월간지에 내 글이 실린 적이 있었는데, 그가 우연히 그 글을 읽고 감동을 받은 모양이었다. 그때 친구는 창원이라는 지방 도시에 살고 있었는데, 그 후 일 년쯤 지난 뒤 남편을 따라 서울로 이사를 오게 되었다고 한다. 초등학교에 다니는 아이들을 전학시키고 학교에 나왔다가, 어머니

백일장에 실린 내 글을 읽고 주소를 수소문하여 우리 집을 찾아온 것이다. 이름이 흔하지 않아 기억이 나기도 했지만 어쩐지 예전에 읽은 글쓴이와 같은 사람일 거라는 예감 때문에 반갑게 달려왔다고 했다.

나는 서투른 내 글을 읽고 기억해주는 그가 고마웠고, 그는 낯선 도시의 외로움을 달래기 위해 거의 매일 우리 집을 찾아왔다. 우리 아이들과 친구의 아이들은 나이도 고만고만하여, 자연스럽게 어울리며 친구가 되었다. 우리는 가족끼리 소풍이나 여행을 가기도 하고, 서로 어렵고 힘든 일이 생기면 위로하고 달래주기도 했다.

그렇게 한 동네에서 가깝게 오가며 육 년쯤 함께 지냈다. 그러다가 우리가 지금 살고 있는 동네로 이사를 오게 되면시 전처럼 자주 만나지는 못했지만, 가끔씩 만나면 친구는 아이들로 해서 속상해하기도 하고 대견해하기도 했다.

그는 어려서 일찍 어머니를 여의어서인지 유난히 아이들에게 정을 쏟았다. 그런데 몇 달 전부터 재수를 하고 있는 막내딸이 자주 아프다며 걱정스런 표정을 짓곤 하였다. 그 아이는 심성이 곱고 착해서 시험에 대한 불안 때문에 생긴 신경성 증세일 거라고 나는 친구를 위로하곤 했다. 그러나 얼마 전부터 병세가 심상치 않아 종합병원에 입원하여 검사를 한 결과, 치료가 불가능한 악성 종양을 잃고 있어서 얼마 살지 못한다는 의사의 진단이 내려졌다는 것이다.

요즘은 기도원에 들어가 오직 주님께만 매달리며 기도 생활을 하고 있다고 한다. 친구에게 나는 아무런 위로의 말도 할 수 없었다.

무슨 말로도 그의 아픔을 덜어줄 수 없다는 것을 알기 때문이다. 단지 손을 꼭 잡고 겨우 한 말은 "정말 꽃다운 나이에 세상을 떠나야 하는 것이 아이의 운명이라면 마음의 준비를 단단히 하고 갈 때까지 편하게 대해 줘."라는 어리석은 말뿐이었다.

지난봄이었다. 한동안 아무리 애를 써도 가닥이 풀리지 않을 것 같은 답답함 때문에 아무것도 할 수가 없었다. 그대로 끙끙 앓고만 있다가는 몸도 마음도 병마에 짓눌려버릴 것 같은 기분이었다. 나는 마치 싸울 태세를 갖춘 사람처럼 무작정 차를 몰고 나갔다. 목적지도 없이 그저 복잡한 도시를 벗어나 탁 트인 들판이라도 보고 싶었던 것이다. 그런데 어느 한적한 시골길로 들어서다 보니 메마른 나무에는 연녹색의 새순이 돋아나고 산에는 온통 꽃들의 축제가 시작된 듯 색색의 물감을 칠해 놓은 것 같았다.

그제야 나는 계절을 잊고 산 사람처럼 "그래, 참 봄이 왔구나." 하고 새삼 놀라며 길섶에 차를 세우고 무작정 오솔길을 따라 산으로 올라갔다. 혼자서 깊은 상념에 빠져 쉬엄쉬엄 산을 오르다보니 어디에선가 징 소리가 울리는 것 같았다. 인적이 드문 깊은 산 속에 무슨 징 소리일까 하는 의문도 들었지만, 나는 마치 무엇에라도 홀린 것처럼 그 소리를 따라 낯선 산길을 더듬어 갔다.

드디어 소리의 진원지에 도착한 나는 그곳의 정경에 너무 놀라고 말았다. 원색의 옷을 입은 무녀들이 징 소리에 맞춰 방울과 부채 등을 들고 질탕하게 굿판을 벌이고 있었던 것이다. 물론 영화나 텔레비전에서 이와 비슷한 광경을 본 일은 있지만 도시에서 자란 나에게는 처음 대하는 놀라운 풍경이었다. 소와 돼지를 통째로 잡아 시퍼런 칼을 꽂아놓고, 제대(祭臺) 위에는 울긋불긋한 색지(色紙)에 조상신의 이름을 적어 만국기처럼 걸어 놓고 갖가지 음식들을 쌓아 놓은 후 여러 개의 촛불과 향을 피우고 있었다.

구경 나온 사람들의 말에 의하면 어느 돈 많은 사업가가 병이 나서 큰돈을 들여서 하는 굿이라고 했다. 나는 두려운 마음이 들기도 했으나 호기심 때문에 그들 틈에 끼여 굿 구경을 하게 되었다. 처음에는 큰무당인 듯한 사람이 조상신에게 바치는 주문을 외우며 수없이 절을 하기도 하고, 여러 가지를 묻기도 하며 아는 체를 하는 것인데, 신기한 것은 그들이 거의 고개를 끄덕이며 수긍을 하는 것이었다.

나는 그날 집에 돌아와 많은 것을 생각했다. 이 세상에는 자기의 의지나 노력으로 이룰 수 있는 것도 있지만, 운명처럼 받아들이고 포기해야 하는 일도 많을 것이라고…. 하지만 사람은 자기의 운명을 미리 알 수 없기에 절망하고 포기하다가도 다시 기대를 걸고 희망을 갖는 것이 아닐까.

친구가 신에게 의지하고 매달리는 것이나, 지난번 굿판을 벌이던 아픈 사람도 실낱같은 희망을 부여잡고 싶어서일 것이다. 나는 절망에 빠져 있는 친구와 그의 딸이 가느다란 희망이라도 붙잡고 일어서서 운명에 도전할 수 있기를, 오래오래 마음속으로 빌었다.

1996. 10.

나를 돌아보며

머칠째 지독한 감기를 앓고 있다. 처음에는 피곤이 겹쳐서 그렇겠지 하고 대수롭지 않게 여기다가 기침이 심해지며 병원 출입까지 하게 되었다. 낮에는 그런 대로 견딜 만하다가도 저녁 무렵만 되면 천식 환자 같은 기침 때문에 잠을 제대로 잘 수가 없었다. 결국은 의사의 처방대로 만사를 제쳐두고 며칠 동안 푹 쉬기로 했다.

처음에는 이것저것 걸리는 것이 많았지만, 막상 체념을 하고 나니 오히려 모든 속박에서 벗어날 수가 있었다. 항상 일상에 떠밀려 분주한 생활을 하다가 꼼짝 않고 누워 있으려니 뜻밖의 휴가를 받은 듯 마음이 한가로웠다. 그동안 미뤄 두었던 책도 좀 읽고 요즘은 멀리했던 음악도 느긋하게 즐기리란 생각에 그리 싫지만은 않았다.

그러나 그런 생각들도 잠시뿐, 막상 누워 있으려니 머리도 아프고 온몸이 쑤시며 모든 것이 귀찮기만 했다. 소태같이 쓴 입맛에 아무것도 먹지 못하고 혼자 있으려니, 몸보다는 마음이 지치고 답답함에 견딜 수가 없었다. 책을 읽거나 음악을 듣기는커녕 멍하니 망상에 잠겨 있다가 잠 속에 빠져들고 꿈인지 환상인지도 모를 나락 속을 헤매다니곤 했다. 그러다 정신이 들어 눈을 뜨면 벽지의 무늬가 점점 커져서 나를 덮치는 듯한 착각이 들곤 했다.

그러다가 아주 오래전 어린 시절이 떠올랐다. 지금은 그래도 건강한 편이지만 어렸을 적에는 병약해서 자주 앓아누웠던 기억이 났다. 특히 초등학교 시절에는 결석을 많이 해서 한 번도 개근상을 타본 기억이 없다. 몸이 아파서 학교에 가지 못하는 날에는 하루 종일 혼자 누워 있어야 했다. 식구들은 모두 바빠서 아무도 내 곁에 있어주지 못했다.

온종일 누워서 멍하니 있다가 보면 벽지의 사방 무늬와 천장의 무늬들이 점점 커져서 나를 덮칠 것 같아 소리를 지르곤 했다. 그러면 엄마는 내가 기력이 없어 가위에 눌린 것이라며 품에 꼭 안고 달래주시곤 했다. 까마득히 잊어버렸던 그 시각적인 현상을 얼마 전에 다시 경험할 수가 있었다.

어느 날 딸아이가 '매직 아이'라는 그림을 가지고 와서 무슨 그림인지 맞춰보라는 것이었다. 얼른 보기에는 마치 색맹 검사를 할 때 쓰이는 책자처럼 조그만 점들로 이어진 그림이었는데, 도무지 짐작이 안 되었다. 아무리 들여다봐도 무슨 그림인지 모르겠다고 했더니, 딸아이는 굳이 숨은 그림을 찾으려 하지 말고 그림을 있는 그대로 멍하니 쳐다보라고 했다.

　처음에는 그 말뜻을 제대로 이해하지 못하고 이리저리 돌려보아도 어떤 형태의 물체도 잡히지 않았다. 아무리 해도 못 찾겠다고 포기하려는 순간, 언뜻 어떤 영상이 나타났다. 그것은 교묘하게도 두 눈의 시각이 한 군데로 모아져 사물이 겹쳐지는 순간에만 보이는, 이름 그대로 요술 그림이었다. 나는 그것을 보고 나서 그 그림의 실상은 어느 것이고 허상은 어느 것일까라는 생각에 잠기게 되었다. 내가 어렵게 찾아낸 그 그림이 과연 그것의 실상일지 허상일지 분간하기가 힘들었기 때문이다.

　세상을 살아가면서 만나는 사람들이나 부딪히는 관계 속에서 내가 생각했던 것과는 전혀 다른 모습을 보고 당황할 때가 종종 있다. 그리고 평소에는 잘 알고 있던 것들이 어느 때는 전혀 다른 모습으로 생소하게 느껴질 때도 있었다. 그래서 더러는 상처를 입기도 하고 배신감에 실망을 한 적도 있었다. 그렇다면 이제까지 내가 보아왔던 모습들은 내가 만들어낸 허상에 지나지 않았을까라는 회의가 들기도 했다. 그렇다면 남에게 보여지는 내 모습은 어디까지가 실상이고 어디부터가 허상일까라는 의문에 부딪히게 된다.

　몸이 아픈 탓일까, 하루해가 길고 지루하기만 하다. 바쁠 때는 뻔질나게 울려대던 전화기도 오늘은 조용하기만 하고, 오늘따라 안부를 물어오는 친구도 없는 것이 못내 서운하기만 하다. "최선을 다하고도 칭찬이 따르지 않는 것은 덕이 없음이요, 진실로 사람을 대한다 하였으나 감동을 주지 못하는 것은 소박하지 못한 탓이다."라고 했던 어느 분의 말씀이 떠오르며 자신의 실상을 객관적으로 판단하고 뒤돌아보게 되었다.

가끔은 분주하고 번잡한 일상에서 벗어나 한없는 고적감 속에서 외로움도 느껴보고 자신을 뒤돌아보는 일도 나름대로 의미 있는 일이라 생각된다. 나는 그동안 어떻게 살아왔는지, 그리고 앞으로는 어떤 모습으로 살아가야 하는지 겸허하고 진지하게 생각해보는 그런 하루였다.

1995. 3.

5

바람

오랜만에 나와 본 마로니에 거리는 마치 신들린 몸짓처럼 바람 속에 휘말려 있었다. 옷깃을 마구 헤집고 들어온 바람이 작은 흥분으로 데워진 나의 가슴을 조금은 식혀준다. 나를 여기까지 나오게 한 용기도 저 바람 탓은 아닐까. 엉킨 실타래처럼 가슴속에 쌓이는 감정들을 누군가와 이야기하고 싶었다. 하지만 그것은 욕망일 뿐 말이 되어 나오지는 못했다. 말을 잘 못하는 나는 매끄럽게 말을 잘하는 사람을 보면 참 부럽다.

오늘, 가슴으로 느끼는 절실한 이야기들을 여러 사람과 나누고 싶은 갈망 때문에 나를 이곳까지 끌고 온 것이다. 샴푸 광고에 나오는 모델처럼 날씬한 아가씨들이 긴 머리를 마구 휘날리며 자신 있게 걸어간다. 나도 저렇게 자신 있게 의욕에 넘치던 때가 있었을까. 나는 점점 사는 것에 자신이 없어진다. 악착스럽게 살림을 꾸려 나가는 아내 노릇도, 입시 비상이라도 걸린 듯한 교육 현실에서 두 아이를 잘 키워내는 엄마 노릇도 점점 자신이 없다.

그렇다고 사회인으로서 당당하게 한 몫을 해내는 친구나 자기희생을 마다 않고 사회봉사를 하는 이웃들을 보면 나는 무엇일까라는 회의마저 든다. 하지만 당당하고 자신 있는 사람을 대할 때마다 엷은 배반감과 좁혀질 수 없는 벽을 느끼는 것은, 그들이 자신의 아집으로 꽉 차버려서 남의 이야기는 들어줄 여지가 없는 것 같아 보이기 때문이다.

십여 년 전 가을, 그날도 그렇게 바람이 불었다. 여섯 살짜리 아이를 수술대 위에 눕혀 놓고 서울대병원을 미친 듯이 뛰쳐나온 마로니에 거리는 온통 잿빛으로 '폭풍의 언덕'을 연상케 했다. 아이의 고통을 아무것도 대신해줄 수 없다는 무력감이 가슴을 난도질하고 왜 하필 우리에게 이런 불행이 왔는가 하는 분노로 정신을 차릴 수가 없었다.

아이와 더불어 나의 인생도 패배하고 말았다는 절망감에 사람들과의 단절까지 겪으며 겨우내 살을 도려내는 황량한 삭풍이 내 가슴에 불었다. 그 이듬해 따뜻한 하늬바람을 타고 봄이 오면서 "신은 인간이 극복할 수 있는 만큼의 고통을 주신다."라는 말처럼 나는 고통을 직시할 수 있게 되었고 서서히 절망의 늪에서 헤어날 수 있었다. 고통을 가져본 자만이 진정한 기쁨을 알 수 있는 것처럼 나는 그동안 나와 내 가족 이외에는 모르고 살아왔던 편협한 시각에서 차츰 따뜻한 눈으로 이웃을 볼 수 있는 기쁨을 알게 되었다.

요즘 우리 사회는 곳곳에서 여러 가지 큰바람이 불고 있다. 모두 자기의 몫을 찾고자 하는 의지가 여러 가지 돌풍을 일으키고 간혹은 태풍이 되어 많은 것을 파괴하고 상처를 입히기도 한다. 사람들은 은 연중 그런 회오리바람이 불어와 자신을 어떤 열정에 휘말리게 할 것을 은근히 기다리는지도 모르겠다.

나도 그랬다. 어떤 커다란 바람이 불어와 일상에 묻혀 무감각해진 나에게 자신감을 불어넣어주고 활기찬 의욕을 부채질해주기를 기다 렸다. 그러나 행여 그런 바람이 불어올라치면 꼭꼭 옷깃을 여미고 방 어할 자세만 취했지 가슴을 열 준비도 하지 못했다. 그리고 깨달았 다. 우리를 휩쓸어 갈 만큼 큰 위력의 태풍만이 바라던 바람은 아니 라는 것을 길가의 풀꽃들을 어루만지며 지나가는 실바람도, 뛰노는 아이들의 이마를 간질이는 미풍도, 고된 노동을 끝낸 소시민의 땀을 식혀줄 한줄기 바람도 정말 소중한 바람이라는 것을….

아무런 재주도 없는 내가 할 수 있는 것은 무엇일까 생각해본다. 삶의 전쟁터에서 지쳐 들어오는 남편과 아이들에게 위로와 용기가 되고 삶에 지친 여러 이웃들에게 기쁨을 주는 잔잔한 솔바람이 되고 싶다. 삭막한 가슴을 여미고 사는 사람들의 가슴속을 가만히 파고들 어 가 따뜻한 바람을 불어넣어 주고 싶다.

그래서 그 바람이 여러 사람에게 전염되고 퍼져서 조용하지만 점 점 더 크게 번져 가기를 바란다. 초록의 아우성으로 춤을 추는 가로 수들이 나에게 속삭인다. 부디 용기를 잃지 말고 가슴을 쭉 펴고 힘 차게 걸어보라고….

1989. 5. 전국 주부백일장 차석 입상

새해를 맞으며

날씨가 잔뜩 흐려 있다. 회색 하늘은 금방 눈이라도 쏟아질 것같이 낮게 가라앉아 오늘따라 마음까지 을씨년스럽게 한다. 이제 며칠만 지나면 올해도 끝나고 또 새로운 한 해를 맞는다. 어느덧 중년에서 노년으로 치닫고 있는 나에게 해가 바뀌고 새해가 오는 것이 새삼스레 감격스럽거나 의미 있는 일도 아니련만, 이맘때면 습관처럼 찾아오는 회한(悔恨) 때문에 마음이 우울해진다.

젊은 시절에는 세모(歲暮)가 되면 연초에 계획했던 일을 이루지 못한 것을 반성하거나 후회하기도 하고, 새해에는 다시 알찬 목표를 세워 자신을 채찍질하기도 했다. 그러나 나이가 들고, 살아온 날보다 앞으로 살아갈 날들이 짧다고 느껴지던 어느 날부터 그런 일들이 한낱 부질없게 느껴졌다. 나이가 든 만큼 감정도 무디어지고 의욕도 줄어들어서일까, 어떤 목표를 세우고 그것을 이루기 위해 매진하기보다는 그저 지금 내게 있는 것들이 소중하다는 것을 깨닫게 되었다.

그러나 몇 해가 더 바뀌고 세월이 가면 그 소중한 것들도 하나씩 둘씩 버려야 할 때가 올지도 모른다. 그리고 소중한 것을 버려야 하는 아픔과 상실감을 통하여 비로소 편안함을 맛볼 수 있는 때가 올 수도 있을 것이다. 손 안에 꼭 쥐고 싶어도 어느새 손가락 사이를 빠져나가는 모래알 같은 세월처럼, 그것은 우리가 점점 많은 것을 포기해야 하는 사실을 터득해 가는 과정일 수도 있다.

며칠 전, 어느 문학회의 연말 모임에 나간 적이 있었다. 평소에는 잘 뵙지 못하던 선후배님들을 만나 마음까지 따뜻해지는 분위기였다. 그런데 몇 년 동안 뵙지 못하던 선배 한 분이 불편한 몸을 이끌고 그 자리에 나오셨다. 건강이 나빠져서 몹시 고생을 하신다는 소문은 듣고 있었던 터라, 오래간만에 모습을 뵈니 너무 반가웠다. 그 선배님은 몇 번의 수술과 오랜 지병으로 고생을 하고 계셔서인지 앉아 있는 것조차 힘겨워 보였다. 그래도 오랜만에 만나는 문우들이 보고 싶어 잠깐 나왔다면서 그동안의 근황을 말씀하는데, 듣고 있던 나는 저절로 눈시울이 뜨거워졌다.

그 선배님을 투병 중이던 몇 년 동안은 자신이 좋아하던 모든 것을 하나씩 버리는 과정이었다고 하셨다. 좋아하던 글을 쓰거나 읽는 것도 힘들었으며, 가끔 다니던 산행도 포기하셨다고 했다. 즐겨하던 음식이나 기호품도 끊거나 절제해야 했으며, 친구를 만나거나 사람 만나는 일도 점점 줄어들게 되었다고 하셨다.

좋아하던 것들을 하나 둘 포기하는 마음이 오죽하셨을까. 처음에는 세상에 대한 분노도 생겼을 것이고, 자신에 대한 비관(悲觀) 때문에도 많이 괴로우셨을 것이다. 그러나 그분은 그 모든 것들에 집착하거나 욕심 부리지 않고 마음을 비워야 살 수 있다는 지혜를 터득하신 것 같았다. 자신이 쥐고 있던 것을 하나하나 버림으로써 비로소 마음이 편해질 수 있었다고 하셨다.

사람들은 흔히 '욕심을 버렸다'라든가 '마음을 비웠다'는 말을 아주 쉽게 쓰곤 한다. 그런데 그것이 어디 말처럼 그리 쉬운 일이기만 하던가. 우리가 태어나면서부터 본능적으로 갖게 되는 물욕이나 소유욕을 버리는 일은 낙타가 바늘구멍을 들어가는 일처럼 어려울지도 모른다. 더구나 눈에 보이지도, 손에 잡히지도 않는 마음자리라는 것이 한번 비워 놓으면 다시는 채워지지 않는 물독 같은 것이던가. 죽을힘을 다해서 겨우 마음 한편을 비웠다 싶으면, 어느새 욕심으로 가득 채워져서 자신을 괴롭히던 일이 어디 한두 번이던가.

그것은 어쩌면 수도자와 같이 끊임없는 노력으로 자신의 마음을 갈고 닦을 때 비로소 얻어지는 평화일지 모른다. 그 선배의 부인도 여러 가지 지병으로 고생을 많이 하셨는데 어느 명상 단체를 통하여 버리는 연습을 하고 난 후, 마음도 편해지고 병세도 많이 좋아졌다고 하셨다. 그만큼 욕심을 버리고 마음을 비우는 일은 우리의 심신을 맑게 하고 건강하게 만드는 지름길인 것 같다.

나도 새해에는 무엇을 이루려는 욕망이나 바람보다는 내 안에 가득 들어 있는 이기와 집착, 그리고 헛된 욕심들을 버리려고 노력할 것이다. 그리하면 내 마음에 평화가 깃들 것이고, 그나마 나를 찾아온 작은 인연에도 감사할 줄 알고 성실해질 것이다. 그리고 그동안 내 이기와 욕심으로 인해 상처를 준 가족이나 친구들에게도 용서를 구할 수 있으리라.

그동안을 무엇인가 많이 채우고 얻고자 했던 삶이라면, 새해에는 그 어리석음에서 놓여나서 편안해지고 싶다. 그래서 많이 버림으로써 얻게 되는 기쁨들로 내 마음을 출렁이게 하고 싶다.

2005. 1.

밥을 함께 먹는 일

오랜만에 친구네 부부와 같이 산행을 하고 식사를 하게 되었다. 젊은 시절에는 취미도 비슷하고 좋아하는 운동이나 식성도 비슷하여 우리 부부와 자주 어울리던 친구였는데, 나이가 들고 사는 것이 시들해지자 점점 만나는 횟수도 줄어들어 버렸다.

멀리 떨어져 살기도 했지만 "한번 만나서 밥이라도 먹자."라고 해 놓고도 깜빡 잊어버리거나 서로 바빠서 실천을 못할 때가 많았다. 오랜만에 산행하면서 땀을 흠뻑 흘리고 난 후여서인지 반주를 곁들인 식사는 꿀맛 같았고, 우리는 지난 추억들을 떠올리며 시간 가는 줄도 모르고 이야기꽃을 피웠다.

젊은 시절 친구는 운동에 욕심이 많아 겨울이면 뺨이 빨개지도록 오들오들 떨면서도 같이 스키를 즐겼고, 여름이면 골프를 좋아하던 그들과 오뉴월 염천에도 땀을 뻘뻘 흘리면서 하루 종일 운동을 했다.

오랜만에 그들을 만나 옛날이야기도 하고 사는 이야기를 흉허물없이 터놓고 나니, 가끔이라도 이런 시간을 만들지 못하고 왜 각박한 생활을 했던가 하는 후회가 들었다.

며칠 전에 내가 속해 있는 문학단체에서 '연암의 발자취를 따라서'라는 테마의 문학기행을 하였다. 박지원의 「열하일기」를 읽고 그의 사상과 철학을 공부하며 그의 발자취를 따라 열하까지 가보는 여행이었다. 물론 수필을 쓰는 문우들과 여러 작가들과 함께 한 여행이라 더욱 즐거웠지만 『삶과 문명의 눈부신 비전 열하일기』의 저자이신 K선생의 강의를 들으며 한 여행이었기에 더욱 의미가 깊었다.

선생의 여러 강의 중에 유난히 내 가슴에 와 닿는 대목이 있었는데, 그것은 삶을 풍요롭게 하고 행복하게 살기 위해서는 친구를 많이 만들라는 이야기였다. 물질적인 노후 대책도 필요하지만 친구가 많이 있어야 쓸쓸하지 않는 행복한 노후가 된다고 했다. 그런 말이야 전부터 흔히 들어왔고 이미 알고 있는 진부한 내용일지도 모른다.

그러나 선생은 막연한 탁상공론이 아니라 친구를 만드는 방법을 구체적으로 제시해 주었다. 우선 친구가 되기 위해서는 그 사람과 자주 밥을 같이 먹고 웃음을 나누라고 했다. 그렇게 하다보면 누구와도 친구가 될 수 있다고 했다. 그 일은 아주 쉽고 간단한 것 같지만 누구나 실천할 수 있는 일은 아니었다. 사람마다 식성도 다를뿐더러 선뜻 남에게 식사를 대접할 수 있는 용기는 쉽지 않은 일이기 때문이다.

그러나 쉽게 생각하자면 꼭 어려운 일만은 아닐지도 모른다. 반드시 진수성찬의 훌륭한 식사를 해야 되는 것도 아니고 실제로 우리가 다른 곳에 소비하며 사는 비용보다는 밥값이 그리 큰 비중을 차지하지 않는다는 것이 선생의 지론이었다. 듣고 보니 정말 사람과 사람 사이는 같이 밥을 먹고 이야기를 나누는 가운데 정이 들고 마음을 열게 되는 것 같았다.

집에 돌아오던 날 밤, 나는 늦도록 남편과 여러 이야기를 나누었다. 우리의 생활 형편은 윤택하지도 못하고, 겨우 힘든 터널을 벗어난 정도이지만 친구들에게 밥을 사주는 일에는 인색하지 말자고 약속을 했다. 9년 전 우리가 암흑 같은 벼랑으로 떨어졌을 때, 우리에게 용기를 주고 다시 일어설 수 있도록 도와준 것은 가족과 많은 친구들이었다. 그들이 아니었으면 우리가 어떻게 다시 웃을 수 있으며 건강을 지탱할 수 있었겠나 생각하면 너무도 고맙고 소중한 사람들이기 때문이다.

팔십 평생 시골에서만 살아오신 어머니는 밥 이야기만 나오면 눈가가 축축해지신다. 객지에 나가 있던 아들들이 방학이라도 하여 집에 올 때면, 멀리서 가물가물 아들의 모습이 보이자마자 아궁이에 불부터 지피셨다고 했다. 그리고 아들이 집에 도착하자마자 밥상을 내오는 것이 아들에 대한 유일한 사랑과 반가움의 표시였다고 한다. 또한 시골에서 달리 대접할 간식이 귀하던 때이기도 했지만, 어떠한 손님이 들러도 꼭 밥을 지어 먹여 보내야만 손님에 대한 도리였다고 하신다.

이제는 세상도 많이 바뀌어 집에서 밥을 하여 손님을 대접하는 일은 점점 드물어졌다. 막역한 사이가 아니면 모든 대소사를 그저 밖에서 만나 한 끼 식사를 하는 것으로 땜질하곤 한다. 세태가 그렇게 변하는 것이야 어쩔 수 없지만, 그래도 사람과 사람 사이에 밥을 함께 먹으면서 정을 나누는 풍습은 여전한 것 같다.

옛말에 "마음을 열면 돌과도 친구가 될 수 있다"고 했다. 사는 것이 허전하고 외로울 때, 누구라도 불러서 함께 밥을 먹다보면 마음의 허기도 조금은 채워질 수 있으리라 생각한다.

2007. 6.

여백의 의미

미처 어둠이 걷히지 않은 이른 새벽에 집을 나섰다. 잠을 설쳐가며 일찍 길을 나선 것은 문우들과 함께 광주에서 열리고 있는 비엔날레를 보러 가기 위해서이다. 첫해에도 벼르기만 하다가 기회를 놓쳐서 아쉬웠는데 막상 차가 출발하니 마음이 설레었다. 버스가 고속도로에 접어들자 서서히 동이 트면서 안개 사이로 드러나는 가을 산의 모습이 늦가을의 정취를 흠뻑 느끼게 한다. 오랜만에 만난 문우들과 정담을 나누며 정신없이 웃다 보니 시간이 어떻게 지났는지도 모를 만큼 빨리 광주에 도착했다.

광주에 계신 선생님들께서 마중을 나와 우리를 반갑게 맞아 주셨다. 미리 사전 답사까지 하셨다는 두 분의 배려로 우리는 갈팡질팡하지 않고 바로 관람에 들어갔다. 여러 곳에 분산되어 있는 미술관을 돌아본 뒤 일행은 서둘러 본 전시관으로 향했다.

올해 97광주 비엔날레의 주제는 '지구의 여백'이다. 지금 지구촌에는 자연의 생태계나 인간의 삶이 심각한 위기에 몰리고 있다. 그래서 현대적인 구조 속에서 속박당하고 있는 인간이나, 기존의 가치에 대하여 다시 생각해 보고자 하는 것이 이번 비엔날레의 취지인 것 같다. 지구촌에서 생기는 모든 문제에서 틈과 여백을 만들고, 인간이 모든 만물이나 자연과 조화를 이루며 살기 위한 여러 가지 의미를 가지고 있다고 한다.

나는 미술에 대한 지식이 별로 없다. 그저 좋은 작품을 보면서 미술과 친숙해지기를 바라며, 다만 작가의 의중을 이해하려고 애쓸 뿐이다. 본 전시관에는 다섯 가지의 소주제를 가지고 나누어 전시를 하고 있었는데 '물과 속도' '불과 공간' '나무와 혼성' '쇠와 권력' 그리고 '흙과 생성'이었다. 이런 설정은 여백(Unmapping)이라는 큰 주제를 가지고 인간 스스로 구속에서 벗어나기 위한 자기 성찰의 의미로 꾸며졌다고 한다.

나는 그 설명을 들으면서 여백이란 말의 의미를 곰곰이 생각해 보았다. 예전에 어느 집에 갔을 때 집안에 가구나 장식품들이 잔뜩 채워져 있어 몹시 답답함을 느낀 적이 있었다. 아무리 값비싸고 좋은 물건이라도 그것이 지나치게 많이 있을 때는 사람이 편히 쉬는 집이라는 생각보다는 물건을 전시하기 위한 공간 같아서 사람이 물질에 위압당하고 있는 것 같은 생각이 들었다.

사람도 비슷하다는 생각이 든다. 지나치게 똑똑하거나 지식이 많아서 자기의 생각이 꽉 들어찬 사람에게는 별로 호감이 가지 않는다.

그런 사람은 남의 이야기를 들어줄 틈이 없을 것 같고, 다른 사람의 실수도 용납할 줄 모를 것 같다. 조금은 비어 있는 듯한 사람에게 더 친근감이 느껴지는 것은 나만의 생각일지 모르겠다.

각 전시장에는 다행히 도우미가 있어서 작품에 대한 설명과 작가의 숨은 의도를 알려주었지만 현대미술에 무지한 나에게는 이해가 되지 않는 것도 많았다. 그나마 시간이 모자라서 주마간산(走馬看山)격으로 관람을 하였는데 그 중에 아주 인상적인 것이 있었다. 아네뜨 메사체라는 작가가 만든 '침투'라는 작품 앞에 섰을 때 언뜻 그것이 무엇인지 알 수가 없었다.

마치 옛날 정육점에서 고기를 매달아 놓은 것처럼 천장에 여러 가지를 주렁주렁 달아 놓았는데 도무지 짐작할 수가 없었다. 그러나 자세히 들여다보니 그것은 인간의 몸속에 들어 있는 온갖 내장 구조물이었다. 누더기 같은 폐와 창자, 해부학 도감에서나 볼 수 있는 몸속의 장기들이 마치 살아 있는 것처럼 매달려 있는 것이었다. 처음에는 그것들이 무엇을 의미하는지 모를 뿐더러 섬뜩한 느낌마저 들었다. 그러나 도우미의 작품 설명을 듣고 난 후 조금씩 이해가 되면서 공감하였다.

작가는 우리가 감추고 싶어하는 것은 적나라하게 보여주고, 명백하게 드러내야 하는 것은 은폐시키는 인간의 모순적인 면을 표현했다고 한다. 그리고 그 작품을 통하여 이런 말을 하고 있었다. "당신이 어렸을 때는 무엇이든지 받아들일 수 있는 많은 여백이 있었다. 그러나 그 후에는 많은 것을 보았음에도 그것이 무엇인지 모르고 혼란에 빠진다.”고 어쩌면 작가는 보이지 않는 우리 몸의 내부를 표현하여 인간의 내면에 잠재되어 있는 의식까지도 꺼내 보이려고 한 것은 아니었을까. 나는 마치 감추고 싶은 나의 속마음까지 들킨 것 같은 기분에 가슴이 서늘해졌다.

부지런히 관람을 마치고 광주에 계신 두 분의 안내로 망월동 묘역에 들러 참배하고 무등산까지 갔다가 귀갓길에 올랐다. 어둠이 짙어진 고속도로를 달리며 차창에 비친 나의 얼굴을 바라보았다. 지친 중년 여인의 모습이 아주 익숙하고 친근한 얼굴 같기도 하고, 전혀 생소한 낯선 사람의 얼굴 같기도 하다. 나는 눈을 감고 광주에서의 여운을 음미하며 조용히 생각에 빠져 본다.

미술 작품이나 수필도 마찬가지이겠지만 작가가 모든 가식의 옷을 벗고 자기의 내면을 솔직하게 표현할 때 많은 사람에게 공감을 얻을 수 있을 것이다. 그리고 틀 안에 꽉 채워진 작품보다는 생각할 수 있는 여백을 두어 보는 이에게 상상력과 호기심을 불러일으킬 때 친숙함을 느낄 수 있는 것 같다.

낮에 보았던 작가가 말한 것처럼, 기존의 관념으로 가득 찬 사람보다는 우리가 어린 시절처럼 순수한 마음으로 돌아갈 때 무엇을 받아들일 수 있는 틈이 생기고, 그것이 자연과 인간을 조화시키고 이어주는 고리가 될 것이라는 생각이 들었다.

1997. 10.

중학동의 추억

지하철역에서 나와 횡단보도의 신호를 기다리며 주위를 둘러본다. 조금씩 달라지긴 했어도 모두 예전대로 낯익은 풍경들이다. 안국동의 정겨운 골목이며, 조계사 쪽의 불교용품을 파는 곳들도 모두 그대로이다. 신호가 바뀌고 종종걸음으로 길을 건너 조금 걷다보니 눈에 익숙한 한국일보가 나온다. 이 건물 라운지에서 열리는 후배의 등단 축하연에 참석하기 위해 오랜만에 이 동네를 오니 감회가 새로웠다.

연회장에는 벌써 선생님을 비롯하여 반가운 선후배들의 얼굴이 많이 보인다. 주인공 H씨는 화사한 얼굴에 더없이 고운 자태로 부군과 함께 나란히 앉아 있다. 손님들은 글벗뿐 아니라 가족 친지를 비롯하여 많은 분들이 축하해주러 오신 것 같았다. 아름다운 꽃바구니 사이로 기쁨에 들떠 있는 주인공을 보고 있자니, 그 자리에 앉아서 등단 축하연을 치르던 선후배의 모습들이 파노라마처럼 지나간다.

그중에는 9년 전의 내 모습도 들어 있다. 초여름이라 가뜩이나 더운 날씨에 긴장하여 흘러내리는 땀을 닦지도 못하고 얼떨떨해 있던 순간이었다. "등단이란 글을 잘 써서 치르는 의식(儀式)이 아니라 앞으로 열심히 잘 쓰라는 의미"라고 선생님이 말씀하신 기억이 난다. 그때는 왜 그리 떨리고 긴장이 되던지 내가 무슨 말을 했는지도 모르겠다. 다만 자격도 없는 사람이 큰 상을 받은 양 그저 부끄럽고 모든 분들께 고마웠다. 그리고 그때는 무슨 일이 있어도 좋은 글을 써서 선생님과 문우들에게 꼭 보답하리라고 생각했다.

내가 처음 한국일보에서 이정림 선생님을 만난 것은 1990년 초겨울이었다. 어느 날 친구의 권유로 선생님의 수필 강좌를 듣게 되었는데, 핵심을 찌르는 날카로운 강의와 도도하리만큼 이지적인 모습에 끌려 선생님과 제자로서 인연을 맺었다. 그때의 젊은 선생님께서는 수업 방식도 매우 엄격했고, 무엇보다 우리가 써낸 글에 대한 평도 혹독했다. 어느 때는 자존심에 상처를 입을 만큼 혹평을 듣기도 했는데, 나중에 생각하니 그런 시련들이 입에 쓴 보약처럼 내 수필 공부에 도움이 되어주었다.

특히 선생님은 "글은 곧 사람이다. 그러기에 좋은 글을 쓰려면 무엇보다 인간(人間)이 되어야 한다."는 말씀을 자주 하셨다. 행여 어느 회원이 철없이 행복한 자랑이라도 늘어놓게 되면, "무엇 때문에 굳이 골치 아픈 글을 쓰려고 나왔느냐"며 직언(直言)도 마다하지 않으셨다. 그래서 우리는 농담처럼 수필반에 나오는 것을 "도(道) 닦으러 간다."

고 빗대어 말하기도 했다.

　수필은 자기의 경험이나 체험을 바탕으로 자신의 생각과 철학을 접목시키는 문학이다. 수업 시간에 다른 사람들이 쓴 글을 읽으며 남의 인생 경험과 그들의 철학, 그리고 세상을 살아가는 지혜를 배울 수 있는 것은 수필 공부의 또 다른 수확이었다. 그즈음 선생님께서 우리에게 "이렇게 수필 공부를 하러 나올 수 있는 여러분은 모두 행복한 사람"이라는 말씀도 자주 하셨는데, 그 당시는 그 말에 별로 수긍이 가지 않았다. 수필 공부야 언제든지 마음만 먹으면 할 수 있다고 여겼는데 지나고 나니 정말 그때가 나에게는 가장 행복한 시절이었던 것 같다.

　그 시절에는 회원들도 별로 많지 않아서 모두 한 식구처럼 가깝게 지내곤 했다. 수업이 끝나고 자주 들르던 '하얀 집'에 모여 칼국수를 먹으며 수업 시간에 못했던 이야기들을 나누는 것도 빼놓을 수 없는 재미였다. 건물이 낡고 비좁기는 했지만 마치 시골집의 사랑방같이 스스럼없는 곳에서 열띤 토론을 벌이다가 후후 불어가며 먹던 칼국수 맛은 지금도 잊을 수가 없다. 가끔은 근처에 있는 화랑에서 전시회를 감상하거나 분위기 좋은 찻집에 들르는 등 마치 아이들처럼 삼삼오오 짝을 지어 몰려다니던 즐거운 일들이 이제는 지나간 추억이 되었다.

　어느덧 선생님을 만난 지도 십여 년이 훌쩍 넘었다. 세월이 흘러 제자들도 나이를 먹었지만 젊고 팔팔하시던 선생님도 이제는 많이 부드러워지시고 약해지신 것 같다. 더구나 오늘 등단 축하연에서 눈물까지 보이시는 모습을 보니 더욱 그런 마음이 들었다. 물론 애써 가르치신 제자가 등단을 하니 대견하고 기뻐서 흘리신 눈물이겠지만, 전에는 상상할 수도 없는 모습이었다.

　돌이켜보면 나에게 수필이 무엇인지 가르쳐 주시고, 수필을 사랑할 수 있게 해주신 분은 선생님이다. 그리고 수필이 힘들어서 몇 번이나 포기하고 싶던 나에게, 등단(登壇)이라는 계기를 통해 글쓰기에 용기를 주신 분도 선생님이다. 그런 선생님께 보답하는 길은 좋은 글을 열심히 쓰는 일뿐이리라. 그러다 보면 언젠가 보잘것없는 내 삶이 수필의 글밭에서 풍요로운 수확을 거둘 수 있는 날도 오지 않을까 생각해본다.

2003. 10.

삭정이의 울음

한밤중에 울음소리 때문에 눈이 떠졌다. 잠결에 들린 소리는 분명히 누군가 애절하게 흐느껴 우는 울음소리였는데, 이제는 아무 기척도 들리지 않는다. 누가 이 밤중에 울고 있는 것일까. 아파트의 아래층이나 위층에 아픈 분이 계시는 것일까. 신경을 곤두세우고 귀를 기울여 봐도 남편의 코 고는 소리 외에는 고요한 정적뿐이다.

하릴없이 거실로 나와 외국에 나가 있는 딸애 방을 열어본다. 오랫동안 사람의 온기가 없는 빈방의 썰렁함이 잠옷 사이로 선뜻하게 와 닿는다. 이어 얼마 전까지 어머니가 머무르셨던 작은 방을 열어본다. 통증으로 잠을 못 이루시던 어머니도 한 달 전쯤 남동생 집으로 가시지 않았던가. 그런데 잠결에 들은 서럽도록 처절한 울음소리는 도대체 어디서 난 것일까. 달아난 잠을 다시 불러오기엔 너무 생경스러워

자리에 눕는 것을 포기하고 지난 추억에 빠진다.

어린 시절 겨울 방학을 해서 시골 큰집에 가면 나는 밤이 되는 게 너무도 싫고 무서웠다. 낮에는 그런대로 새로운 환경이 신기해서 재미있게 뛰어 놀다가도 밤이 되면 잠은 안 오고 문풍지 밖으로 들리는 소리들이 너무나도 무서웠다. 낙엽 되어 떨어지는 가랑잎의 서걱거리는 소리는 누군가 나를 잡으러 오는 발자국 소리같이 느껴졌고 마른 나뭇가지들이 바람에 윙윙거리며 우는 소리는 꼭 누군가 흐느껴 우는 소리 같았기 때문이다.

오래 잊고 있던 그 공포감을 다시 느낀 것은 어머니를 모시고 있는 동안이었다. 자꾸 쇠약해지시는 어머니를 우리 집으로 모셔온 뒤로는 깊은 짐을 이룰 수가 없었다. 옆방에서 문을 열고 누웠다기도 어머니의 신음 소리에 잠이 깨곤 했다. 어느 때는 어머니의 신음 소리가 가슴을 파고들어 밤을 지새우기도 했다. 당신이 그렇게 원하던 아들네 집으로 돌아간 뒤에 어머니의 병세는 하루가 다르게 나빠졌다. 엊그제 뵙고 온 어머니는 마치 바람에도 날아갈 것 같은 마른 삭정이 같았다. 병고 때문에 퉁퉁 부어 있던 다리는 신기하리만치 물기가 빠져서 뼈에 가죽만 입힌 듯 바짝 말라 있었다. 어머니는 통증 때문인지 가슴에 맺힌 한(恨) 때문이지 꺼이꺼이 울음을 토하셨다.

아무리 자식이라 한들 팔십 평생 맺힌 어머니의 한을 어찌 짐작인들 하겠는가. 삼십여 년 전에 아버지를 먼저 떠나보내고 손자를 키우며 외롭게 사셨는데, 모두 저 잘난 줄로만 알고 바쁘게 사는 자식들이 어머니의 외로움과 한을 알려고 들기나 했을까. 하기 좋은 핑계로 그것은 어머니의 팔자요 운명이려니 하고 체념했다.

그러나 엊그제 다시 들은 어머니의 울음소리는 어린 시절 시골에서 듣던 마른 삭정이의 울음소리 같기도 했고, 내가 추는 살풀이 가락의 끊어질 듯 이어지는 한 맺힌 음률 같기도 했다. 그렇다면 오늘 밤 내가 들은 울음은 어쩌면 나의 환청(幻聽)인지도 모르겠다. 이제 어머니가 이승에서 머무르실 날도 얼마 남지 않았다는 것을 어렴풋이나마 짐작으로 느낀다.

생자 필멸(生者必滅)이라고 어머니와 이별해야 할 날들이 가까이 다가오고 있음을 알면서도 어머니께 아무것도 해 드릴 것이 없음이 너무도 안타까울 뿐이다. 나는 어릴 적부터 맏이어서 그런지 어머니의 기대와 사랑을 많이 받고 자랐다. 내가 중학교에 합격했을 때, 그리고 좋은 직상에 들어갔을 때 어머니는 언제나 맏이를 대견해하고 미더워하셨다.

가정을 꾸리고 남매를 낳아 기르는 내게 어머니는 언제나 버팀목처럼 든든한 후원자였다. 그런 어머니의 흐뭇한 미소를 보는 것이 나에겐 열 마디 칭찬보다 기뻤다. 그런데 이제는 그런 미소는커녕 한 맺힌 울음소리를 들으면서도 어머니를 위해 나는 아무것도 해 드릴 수가 없다. 상실감보다는 슬픔이 더 크지만 그래도 지금은 어머니와 같은 세상에서 숨 쉬고 있다는 것만으로도 큰 위안이 된다.

어느덧 해가 바뀌고 정해(丁亥)년 새날이 밝은 지도 며칠이 흘렀다. 새삼스러울 것도 없는 유장한 세월 속에서 지내온 그날이 그날이지만, 그래도 스러지는 것이 있으면 새롭게 태어나는 것이 있는 것처럼 새해 새봄에 희망을 품어본다. 아직은 땅 밑 얼음도 그대로이고, 마른 나무들의 모습도 앙상하지만 머지않아 봄은 올 것이다.

얼마 후면 봄의 시작을 알리는 입춘(立春)도 코밑으로 다가올 테고, 얼었던 강물이 풀리고 모든 만물이 소생하는 우수도 다가오리라. 그때는 정녕 애끓는 삭정이의 울음을 그치고 희망의 노래만을 부를 수 있었으면 좋겠다.

2007. 1.

닫힌 공간 속에서

며칠 동안 가을을 재촉하는 비가 내리고 있다. 수확을 앞둔 계절을 시샘이라도 하는 것처럼 여러 곳에서 많은 비 피해가 났다고 한다. 이 비가 그치고 나면 기온도 많이 내려가고 낙엽이 지면서 가을이 깊어지리라. 우중이라도 찬거리는 사 와야 될 것 같아 현관을 나와 엘리베이터를 기다린다. 우리 집이 아파트 십일층이어서 걸어 내려갈 엄두는 내지 못하고 습관적으로 엘리베이터를 타고 다닌다. 위층 어디에서 누군가 동행을 기다리거나 짐을 싣는지 승강기는 몇 분 동안이나 한 곳에 멈춰 있다. 예전 같으면 짜증이라도 났으련만 오히려 동행이 있으리라는 생각에 마음이 놓인다.

얼마 전에 우연히 엘리베이터 사고를 당한 적이 있다. 많이 다치지 않았으니 사고라고까지 할 건 못되지만 아무튼 많이 놀라고 당황했다. 그날은 기분도 우울하고 몸도 찌뿌듯하여 뜨거운 물 속에라도 있을까 하고 근처에 있는 목욕탕에 가는 길이었다. 평소에는 일층 출입구에서 계단을 이용하여 지하에 내려갔는데 그 날은 그 빌딩 삼층에 볼 일이 있어 갔다가 엘리베이터를 타게 되었다.

내려가는 버튼을 누르고 문이 닫히자 엘리베이터가 두어 층 내려가는가 싶더니 무엇이 잘못되었는지 갑자기 덜커덩 소리를 내며 아래로 곤두박질을 쳤다. 그리고는 정전이 되며 칠흑 같은 어둠 속에 혼자 갇히게 된 것이다. 처음에는 너무 놀라서 아무런 생각이 나지 않고 다친 곳은 없는지 내 몸 여기저기를 만져 보았다.

다행히 엉덩방아를 찧은 것 말고는 괜찮은 것 같아 정신을 가다듬고 비상벨을 찾았다. 어둠 속에서 비상벨이라고 여겨지는 것을 찾아 계속 눌렀으나 통 응답이 없었다. 나중에는 있는 힘을 다하여 주먹으로 문을 두드리고 소리를 질러도 인기척이 없었다. 그럴 수밖에 없는 것이 그 빌딩은 장사가 잘 안 되는지 이삼 층 대부분이 비어 있어 엘리베이터를 이용하는 사람이 거의 없었던 것이다. 더구나 지하에 있는 목욕탕에는 주로 걸어 다니는 사람들뿐이고 그나마 출입구가 엘리베이터하고는 떨어져 있어 일부러 오지 않고는 왕래가 뜸한 곳이었다.

그런 생각이 들자 더 겁이 났다. 나 혼자 여기 떨어져서 방치되어 있어도 아무도 모르고 지나는 건 아닐까. 그러다 해가 지고 밤이 되면 어떡하나, 나는 지금 어디쯤 와 있는 것일까, 아래로 더 떨어지는 것은 아닐까 등 머리는 온갖 상상으로 터질 것 같았다. 기계에서는 나는 드르륵 드르륵 소리가 나서 더욱 나를 불안에 떨게 했다. 소리를 지르다가 지쳐서 주저앉아 있는데 무슨 소리가 들리는 듯했다. 다시 용기를 내어 문을 두드리고 소리를 질러 대도 밖의 인기척은 나를 외면하고 멀어져 갔다.

그러기를 반복하다가 간신히 관리인과 인터폰이 연결되었다. 그 다음에는 사람들이 몰려와서 문을 열려고 애를 쓴 시간이 이십여 분 되었고 지하 일층에서도 반쯤은 더 내려간 엘리베이터의 문을 비집고 구출되기까지 한 시간 정도가 더 소요되었다.

그 일이 있은 후부터는 늘 타던 승강기가 어느 때는 괴물처럼 느껴지기도 했다. 그렇다고 사는 곳이 아파트이니 그것을 외면할 수도 없어 한동안은 무척 곤혹스러웠다. 사람은 다행히 망각하는 능력을 갖고 있어 이제는 불안감이 거의 없어졌지만 혼자 타는 것보다는 동행이 있는 것이 훨씬 든든하다. 혼자 추락하여 빛도 한 줄기 없는 어둠 속에서 불안에 떨던 마음은 무인도에 혼자 버려진 느낌이었다.

지난해 가을 우리는 큰 고통을 겪었다. 남편이 삼십여 년 간 다니던 직장에서 구조 조정으로 퇴직을 당한 것이다. 더구나 직장의 업무 관계로 보증을 서 주었던 후배가 부도를 내고 쓰러지는 바람에 모든 책임을 남편이 대신 지게 되었다. 전 재산을 털어 일을 수습하면서 나는 마치 꿈을 꾸고 있는 것 같았다. 현실에 부딪히며 꿈이 아니라는 걸 자각하면서 나는 심한 혼란에 빠지기 시작했다. 마치 넓고 평탄한 길을 걷고 있다가 나 혼자 절벽 밑에 있는 캄캄한 계곡으로 추락한 느낌이었다. 한 줄기 빛도 없고 가늠할 수도 없는 계곡은 끝도 없이 깊은 것만 같았다.

잔혹한 역사 앞에서 ……

그저 살아갈 일이 두렵고 불안하기만 했다. 마치 엘리베이터 속에서 떨고 있던 때처럼 혼자 버려진 것 같은 생각에 외롭고 무섭기만 하였다. 다행히 부모님의 도움으로 거처를 마련하면서 가느다란 희망의 빛이 보였으니 앞으로 문을 열고 나가는 것은 내가 해야 할 몫이라고 생각한다. 잃은 것이 있으면 얻는 것도 있다고 하지 않는가. 삶에 대한 희망을 포기하지 않고 현실에 도전하다 보면 언젠가는 밝은 세상으로 나올 수 있으리라 믿고 싶다.

비는 아직도 기세를 꺾지 않고 줄기차게 내리고 있다. 나뭇가지 끝에 앉아 비를 피할 수 있는 둥지도 없는 새를 보면서 그래도 나에게 비를 피할 수 있는 둥지가 있다는 것이 감사하게 느껴질 뿐이다.

2000. 10

감사하는 마음

시내에 나가기 위해 오랜만에 버스를 기다렸다. 집 근처에 지하철역이 가까이 있어서 주로 지하철을 이용했는데, 오늘은 피곤하기도 하고 약속 시간도 넉넉하여 좌석버스를 타기로 했다. 예상은 했었지만 삼십 분쯤을 기다려도 버스가 오지 않아 지하철을 타려고 막 걸음을 옮기는데, 그제야 버스가 도착하였다.

한낮이어서인지 버스 안은 한가로웠고 냉방 시설이 잘되어 있어 분위기가 편안하고 쾌적하였다. 예전에 타던 입석버스와는 큰 차이가 있어 이제 대중교통 수단도 많이 발전되었구나 싶었다. 오늘은 운전할 일도 없으니 느긋하게 창밖의 거리 풍경을 내다보고 모처럼 옛 생각을 하며 상념에 빠져 있었다.

버스가 한참을 달리다가 어느 정류장에 정차를 했을 때, 나이가 많으신 아주머니 한 분이 버스에 올랐다. 그 부인은 미처 차에 오르기도 전에 "아유 감사합니다. 정말 감사합니다."라고 하더니 차에 타고 나서도 계속 감사하다는 말을 하는 것이었다. 순간 그 부인이 누구에게 왜 감사하다는 말을 하는지 어리둥절해졌다. 주위를 둘러보니 기사는 물론 아무도 그의 말에 반응을 보이지 않으며 모두 무표정하게 앉아 있었다. 그런데도 그 부인은 그저 고마운 표정으로 빈자리를 찾아가 앉는 것이었다.

나는 그때부터 "저분이 그토록 감사해하는 이유가 무엇일까" 라는 생각에 빠져들었다. 나처럼 오래 기다리다가 지쳐 있던 차에 버스가 도착하니 그저 반가운 마음에 생각 없이 한 말이겠거니 생각했다. 그러나 그러기에는 그 부인의 표정과 행동이 너무 간절하고 진지해 보였다. 그때부터 나의 상상은 날개를 달고 한없이 펼쳐졌다.

혹시 가족이 병원에 누워 있기라도 한 것이 아닐까. 소중하게 감싸안은 보따리 속에는 정성스럽게 만든 음식들이 담겨 있을지도 모른다. 한시라도 빨리 병원에 도착해 따뜻한 음식을 먹이고 싶은 어머니의 마음은 늦게나마 와준 버스가 그저 고맙게 느껴졌는지 모른다. 그분의 행색으로 봐서 손쉽게 택시를 이용할 형편은 못 되는 것 같았기 때문이다.

요즘 버스 회사들의 횡포로 배차 시간이 잘 지켜지지도 않고 수익성이 적은 노선은 그나마 운행을 중단한다는 기사를 신문에서 읽은 적이 있다. 어떤 사람은 버스를 기다리다가 화가 나고 오기가 생겨서 자가용을 샀다는 사람도 있고, 버스가 늦게 와서 중요한 약속에 낭패를 본 친구도 있었다. 간혹 그런 말을 들어온 터라 시간을 지켜야 할 약속이 있거나 급한 볼일을 보기 위해서는 아예 지하철이나 다른 교통수단을 이용한다.

그러다가 관절염으로 다리가 편찮으신 친정어머니 생각이 났다. 건강하실 때는 자주 우리 집에 오셔서 살림 간수도 해 주고 아이들도 돌보아 주던 어머니가 몇 년 전부터는 잘 오시지 못한다. 우리 집뿐만 아니라 불공을 드리러 자주 찾던 절이나 친구분네도 마음대로 다니시질 못한다. 자식들이 모셔 오려고 해도 생업에 바쁜 아이들에게 누가 될까 마다하시고, 택시를 타고 오시라고 해도 택시비가 아까워서 엄두를 못 내신다.

친정 근처에 지하철역은 있으나 계단을 오르내리며 몇 번씩 전철을 갈아타야 하는 일은 노인들에게는 큰 부담일 수밖에 없다. 마음이 답답하고 울적할 때면 훌쩍 나서고 싶어도 참고 계신다는 어머니의 말씀에 나도 가슴이 답답했었다. 어머니가 그나마 외출하실 때 이용하시는 것은 주로 좌석버스다. 우리 집 방향으로 오는 좌석버스가 있으면 얼마나 좋겠느냐고 하시던 말씀도 생각난다.

사람은 모든 것을 자기 입장에서 보고 듣고 생각하는 것 같다. 나는 아직 다리가 건강하니 지하철을 타는 것도 불편하지 않고, 급할 때는 택시나 자가용을 이용하는 것이 그리 어렵지 않으니 버스가 그리 고맙게 느껴지지 않았다. 그러나 어머니처럼 다리가 불편하거나 경제적인 여유가 없는 사람들에게는 버스가 외출할 수 있는 유일한 교통수단일 것이다. 어쩌면 그 부인도 그랬는지 모른다.

이유야 어떠하든지 감사한 마음을 가질 수 있고 그것을 표현하는 일은 아름다운 모습이라고 생각했다. 겉치레가 아닌 진실로 감사하는 마음은 겸손하고 따뜻한 가슴을 가진 사람만이 할 수 있는 일이다. 더러는 차가 늦게 왔다고 짜증을 내거나 기사에게 호통을 치는 사람들도 흔치 않게 보았는데, 그 부인의 행동은 정말로 아름다웠다. 만약 내가 그런 입장이었으면 어떠했을까 생각해본다.

나는 천천히 고개를 돌려 그 부인의 얼굴을 다시 쳐다보았다. 그리고 성난 사람처럼 무표정한 다른 사람들의 얼굴도 차례로 돌아보았다. 사람은 자신이 얼마나 삭막하고 건조한 마음을 지녔는지 잘 느끼지 못하는가 보다. 그리고 얼마나 자기 위주의 편협한 틀 속에 갇혀 있는지도 잘 모른다. 그러나 오늘 그 부인의 행동을 보고 무엇인지 모를 따뜻한 기류가 모든 사람들의 가슴에 깃들 것이라는 생각이 들었다.

1997. 8.

추억의 목소리

 "찹쌀떠억~ 메밀무욱~."

오늘도 어김없이 구성진 목소리가 불야성을 이룬 아파트 숲을 맴돌고 있다. 작년 겨울 맨 처음 이 소리를 들었을 때 나는 내 귀를 의심했었다. 우렁차면서도 어딘가 설움을 가득 안고 끊어질 듯 이어지는 목소리의 톤이나 색깔이 어쩌면 삼십 년 전 하고 그리도 비슷하던지 어느 집 TV 드라마에서 나오는 소리로 착각하였다.

그런데 그 목소리가 점점 가까워지고 확실해지면서 나를 감동시키고 말았다. "어머 어쩌면 요즘도 찹쌀떡 팔러 다니는 사람이 있다니 더구나 메밀묵까지도…." 나는 반가움에 당장 뛰쳐나가 보고 싶었지만 늦은 시각이라 궁금해도 꾹 참을 수밖에 없었다. 그로부터 가끔 겨울밤의 찬 공기를 가르며 들려오는 찹쌀떡 장수의 목소리는 일상에 찌든 나를 향수에 젖게 하였다.

전에 살던 주택가에서는 하루 종일 확성기를 대고 떠드는 상인들 목소리에 음악 한번 제대로 들을 수 없다고 진저리를 냈는데 아파트로 이사 오고 난 후로는 관리실에서 잡상인 출입을 철저하게 통제하기 때문인지 무엇을 사라고 외치는 소리는커녕 아이들 떠드는 소리조차 별로 들리지 않았다.

사람은 간교한 동물인지 산처럼 쌓이는 수북한 신문지를 버릴 때마다 "고물 파세요, 고물!" 하며 짝 짝 가위질을 하던 고물 장수의 목소리가 아쉬워지기도 하고, 오늘은 무엇을 해 먹을까 하고 막막해질 때 "파삭파삭 햇감자가 한 관에 삼천 원" 하던 단골 야채 트럭의 확성기 소리가 그리워지기도 했다. 별로 살 것이 없어도 일단 그 소리를 듣고 지남철에 이끌리듯 야채 트럭 앞으로 나가면 몰려든 아낙네들에게 들은 정보로 그날의 메뉴는 정해지게 마련이다.

요즘 찹쌀떡을 팔러 다니는 사람은 옛날처럼 고학생일까, 아니면 직업적인 상인일까. 요즘도 메밀묵을 사 먹는 사람들이 있으며 또 맛은 어떨까? 궁금증을 견디다 못해 어느 날 출출하다는 아들을 앞세워 찹쌀떡을 사러 내려갔다. 그러나 정작 아무것도 물어보지 못한 채 덜렁 받아든 찹쌀떡은 조금은 굳고 밀가루 냄새가 나서 볼품도 맛도 없는 것이었다.

어느 선전 문구처럼 '고향의 맛'을 기대하였던 나는 변해버린 입맛을 탓하며 나의 중학교 시절을 떠올렸다. 중학교 때 내가 살던 집은 좁은 터에 몽땅 건물을 앉힌 일본식 목조 이층집이었다. 일본인들이 지어서 살다가 버리고 간 적산 가옥을 먼저 주인이 불하받은 것인지 삐꺽거리는 좁은 층계를 올라가는 이층 내 방에는 다다미가 깔려 있어서 아주 추운 겨울에는 사용을 못 하고 텅 비워 놓았다.

여러 식구가 복작거리는 아래층에서 겨울을 지내다가 고즈넉한 나만의 시간을 갖고 싶을 때는 코끝이 빨개지는 추위에도 아랑곳없이 먼지 냄새가 매캐한 나의 방에서 밤이 깊도록 책을 읽었다. 그때 "메밀~묵 찹쌀~떡" 하며 '묵'자와 '떡'자를 길게 늘여 뽑아 구성진 가락을 만드는 목소리를 들으면 입에 군침이 스르르 돌며 책도 눈에 들어오지 않아 달랑거리는 지갑만 만지작거리기 일쑤였다. 대신 "쇼빵이요 쇼빵!" 하며 '쇼'에 원한을 풀기라도 하듯 힘주어 외치는 소리를 들으면 구수한 빵 냄새가 날 것 같아 창문을 열고 내려다보았다.

어떻게 금방 알아차렸는지 귀 덮개가 달린 군용 모자를 쓴 아저씨가 "쇼빵 드려요?" 하고 올려다보면 "아저씨, 조금도 팔지요?" 하고 소쿠리에 줄을 매어 돈을 내려 보냈다. 아저씨가 "많이 주었다."하며 소쿠리에 빵을 담아주면 나는 행여 식구들이 알세라 낚싯줄을 올리듯 조심스럽게 끌어올린 다음 미군 부대에서 흘러나온 듯한 식빵 조각들을 씹어 먹는 맛이란 요즘의 피자나 초콜릿 맛과는 비교도 안 되었다.

이제 겨울은 가고 싱싱한 봄이 왔다. 그러나 계절에 어울리지 않는 찹쌀떡 소리는 떠나지 않고 우리의 잃어버린 추억을 강요하고 있다. 세월의 마술은 견디기 힘들었던 아픔이나 수치마저도 아름답고 감미로운 추억으로 둔갑시켜 피곤한 우리 삶에 싱그러운 청량제가 되어

준다.

회색 콘크리트 숲 속에 갇혀 살면서 황폐해진 심성과 고슴도치모양 자기 보호를 위해 급급했던 이기적인 마음들을 추억의 봄비로 씻어 내고 싶다. 이제 봄을 재촉하는 비가 내리고 나면 파란 풀포기들은 더욱 힘차게 움을 틔우고 녹색의 아우성은 일제히 목청을 돋우리라.

갈증을 달래주는 돌샘의 약수처럼 추억의 목소리는 피곤에 지친 우리에게 새로운 힘과 위안이 되어준다.

1993. 4.

나는 수필을 어떻게 쓰는가

- 말로 쓰는 수필

우선 제대로 된 수필 한 편도 못 쓰는 내가, 이런 말을 할 수 있는 자격이 되는지 의문스럽지만, 수필을 쓰는 사람들의 숙제여서 진지하게 생각해보게 되었습니다. 처음에 글을 쓸 때는 그저 가슴에 응어리진 이야기를 쏟아 내는 심정으로 마구 써댔습니다.

내가 글을 쓰게 된 동기는 1979년 여성동아에 응모한 「쓰고 싶은 이야기」라는 논픽션에 당선이 되고 나서부터입니다. 그 후로 여기저기 잡지에서 글을 써 달라는 청탁이 들어왔습니다. 그러자 나는 갑자기 우쭐해져서 아무 생각 없이 이런저런 글을 쓰다 보니, 글을 멋있게 써야 한다는 강박관념으로 자신을 미화시키거나 감정을 부풀리는 글을 쓰곤 했습니다.

그런데 언젠가부터 '이건 아닌데'라는 회의가 들기 시작했고, 글쓰기가 감정의 사치를 부추기는 것 같기도 했습니다. 그 후로는 글하고는 아주 먼 생활을 했습니다. 그러나 마음은 언제나 문학 언저리에 서성이며 맴돌다가 이왕 글을 쓰려면 제대로 알고 한번 써보고 싶었습니다. 그때 우연히 제가 사는 가까운 동네에 '계몽문화 센터'에 가 있고 그곳에 수필 강좌가 있다는 걸 알게 되었습니다.

그곳에서 몇 달 공부를 한 후 아무도 몰래 전국주부백일장에 참가하였는데 수필 부문에서 차석으로 입상하게 되자 글쓰기에 조금씩 자신감이 붙기 시작했습니다. 그것이 1989년이었으니, 여성동아에 글을 쓴 지 10년 동안 뜸을 들이고 난 후입니다. 그러나 그곳에서 막 수필이 무엇인지 알아가려고 할 때 강사 선생님이 건강상 그만두시게 되었습니다. 그 후, 한국일보에서 이정림 선생님을 만나 선생님 밑에서 거의 십 년 가까이 수필 공부를 했습니다. 그러나 알면 알수록 어렵고 힘든 것이 수필 쓰기인 것 같습니다.

글을 쓰는 일은 어쩌면 평범하고 하잘것없는 존재에 의미를 부여하는 일인지도 모릅니다. 김춘수의 시 「꽃」에서 "내가 너의 이름을 불러주었을 때 너는 나에게로 와서 꽃이 되었다"는 구절처럼 비로소 내가 어떤 존재에 관심을 갖고 애정을 주었을 때, 그것은 나에게 의미 있는 존재가 된다는 뜻입니다. 별것 아닌 삶을 별것인 것으로 만들고, 누추하고 허름한 삶을 의미 있는 삶으로 바꿔주는 것이 글이 아닌가 생각합니다.

글은 쓰고 싶은 충동이나 어떤 계기가 있어야 한다고 봅니다. 간혹은 어떤 주제나 소재에 대하여 글을 써 달라는 청탁을 받기도 하지만 대부분은 가슴을 출렁이는 감동을 받았을 때 글이 쓰고 싶어집니다.

그런 순간이 자주 있는 것은 아니지만 그때의 감동을 소중하게 기억의 보따리에 잘 꾸려서 보관합니다.

더러는 그 보따리를 잃어버리거나 퇴색이 될 수도 있지만, 간단히 메모해 둔다거나 자주 생각해보며 마음을 가라앉힙니다. 그리고 격한 감정을 삭이며 익숙해지려고 노력합니다. 그러다가 그 소재와 잘 맞는 다른 소재를 만나고 또 그것에 어울리는 주제가 떠오를 때 비로소 글을 씁니다.

나 개인적인 습관은 글을 쓰려고 책상에 앉아도 바로 들어가지 못합니다. 괜히 책상 위에 놓여 있는 책들을 이것저것 뒤적거리며 뜸을 들입니다. 두어 시간 그렇게 딴 짓을 하다가 겨우 첫 문장을 만들고 써내려 가지만 그만 글이 막힙니다. 그러면 끙끙대지 않고 미련 없이 책상에서 일어납니다. 그리고 다음날이나 며칠 후 꼼꼼히 생각을 정리하다 보면 막혔던 글이 의외로 술술 풀리기도 합니다.

퇴고할 때에는 몇 번이고 소리를 내어 읽어보곤 합니다. 자연스럽지 않은 문장은 술술 읽히지 않기 때문입니다. 그래서 자연스러운 문장과 어휘를 쓰려고 많이 노력합니다. 수필 작법이나 조심해야 할 점은 모두 선생님의 강의와 책 속에 있고 나는 내 경험에 비추어 말할 뿐입니다. 혹자는 나에게 쉽게 빨리도 쓴다고 하는데 나 역시 고민하면서 힘들게 씁니다. 수필은 결코 쉽게 빨리 쓸 수 있는 글이 아니기 때문입니다. 수필이 붓 가는 대로 쓴 것처럼 보이지만 결코 붓 가는 대로 쓰는 글이 아닌 것처럼 말입니다.

좋은 수필 한 편을 쓰기 위해 생각을 모으고 감정을 곰삭히는 동

나는 수필을 어떻게 쓰는가 ……

안, 그리고 글이 되어 나올 때까지 그것은 자신을 담금질하는 시간이기도 합니다. 그런 시간들이 미욱한 자신을 돌아보게 한다면, 그것만으로도 수필 쓰기는 의미 있는 일이라 생각합니다.

2003. 6.

한향순의 수필세계

이 정 림

≪에세이21≫ 발행인 겸 편집인 · 수필평론가

1.

작가들은 어떻게 글과 만나게 되었을까? 작가들은 어떤 동기로 글을 쓰게 되었을까? 독자라면 한번쯤 품어 봄직한 궁금증이다. 누구는 자연의 위대함과 경외로움을 칭송하기 위해 글을 쓰게 되었을지 모르고, 누구는 아름다움을 통하여 인간의 선(善)을 기리고자 글을 썼을지도 모른다.

그러나 개중에는 쓰지 않고서는 견딜 수 없는 절박감 때문에 글을 쓰는 사람도 있다. 그런 사람에게는 결코 글이 사치일 수가 없다. 종교처럼 자기 구원(救援)의 역할마저 하게 되기 때문이다.

한향순 씨 역시 "가슴에 응어리진 이야기를 쏟아내는 심정으로" (<나는 수필을 어떻게 쓰는가>) 글을 쓰게 된 사람이다. 글로써 가슴에 응어리진 이야기들을 풀어내지 않았더라면, 그는 아마 아직까지도 자책과 아픔 속에서 헤어나지 못하는 삶을 살고 있을지도 모른다.

2.

한향순 씨가 글을 쓰기 시작한 것은 ≪여성동아≫(1979)에서 모집한 논픽션에 응모하면서부터였다. 잡지사에서 내건 제재는 <쓰고 싶

은 이야기>였다. 허구로 지어내는 글이 아니라, 자신의 체험을 꾸밈 없이 풀어내야 하는 논픽션에 젊은 사람이 쓰고 싶은 이야기가 무엇이었을까 잠시 생각해 보게 된다. 그러나 그가 절실히 쓰고 싶었던 이야기는 너무도 의외인, 안타깝고 가슴 아픈 사건이었다. 그것은 여섯 살 어린 아들에 대한 어머니로서의 눈물 어린 참회의 고백이었기 때문이다.

이 작가에게 처음으로 고통을 안겨 준 것은 아이러니하게도 아름답기 그지없는 장미였다. 한창 귀엽던 여섯 살짜리 아들이 옆집 친구네 집에 놀러갔다가 장미 가시에 눈을 스친 것이 그만 치명적인 상처의 흔적을 남기게 된 것이다. 아이는 육체적인 고통으로 울고 어머니는 정신적인 고통으로 울어야 하는 날들 속에서 그를 구제해 준 것은 바로 글 쓰기였다.

그 후 나는 모든 것을 잃었다는 상실감과 자책감에 오랫동안 괴로워했다. 세상과 담을 쌓고 칩거했던 몇 년 동안은 지옥 같은 나날이었다. 그때 나를 고통에서 구원해준 계기가 생겼다. ≪여성동아≫에서 <쓰고 싶은 이야기>라는 수기 모집이 있었고, 골방에 틀어박혀 사흘 밤을 꼬박 지새우며 원고지 100장을 쓰면서 나는 다시 태어나고 있었다.

글을 쓰면서 눈을 뜰 수도 없을 만큼 울었고, 그 눈물 속에 모든 미움과 원망을 녹여 내며 참회를 했다. 그리고 모든 사실을 있는 그대로 받아들이고 인정을 하고 나자, 나를 묶고 있던 아집과 속박에서 비로소 자유로워질 수가 있었다. 또한 고통을 회피하려 하지 않고 직시하면서 모든 체면이나 두려움에서 벗어날 수가 있다.

—<아들에게 보내는 편지> 중에서

<나는 너에게 낙엽이 되리>라는 수기의 제목처럼, 그 글은 아들이 올곧은 나무로 자랄 수 있도록 낙엽이 되고 거름이 되어 주리라는 어머니로서의 약속이자 각오였다. 상처는 감출수록 더 아프고 커짐을 알았기에, 그 상처를 과감하게 드러냄으로써 구원을 얻을 수 있었던 수단은 다름 아닌 글이었던 것이다.

비로소 진실을 인정하고 받아들이게 되자 수치심이나 두려움은 없어지고 나를 괴롭히던 모든 것과 화해를 하게 되었다. 고마웠던 친구와 이웃들, 수술로 해서 한쪽이라도 시력을 갖게 해준 이곳 대학병원과도…. 그리고 그토록 저주하고 외면하던 장미꽃도 다시 아름답게 보이기 시작했다.
—<장미와의 화해> 중에서

이 작가에게 두 번째로 시련을 안겨 준 것은 남편의 실직이었다. 유능했던 남편이 IMF로 실직을 당하고, 그와 관련하여 재정적인 손실까지 떠안아야 했을 때, 삼십여 년 알뜰하게 살아온 지난 세월이 물거품이 되는 것은 고사하고 남편에 대한 회의마저 갖게 된다.

십 년 넘게 살던 집을 팔고, 그동안 알뜰살뜰 모았던 저축금과 남편의 퇴직금까지 합쳐 손실금을 충당하고 나니 그야말로 빈털터리가 되고 말았다. 남편과 결혼하여 삼십여 년 동안 알뜰하게 살아온 세월이 모두 물거품으로 변해 버린 것 같았다.

더구나 일이 그 지경이 되도록 아무 의논이나 내색도 없었던 남편에게 배신감을 삭히기가 무척 힘들었다. 부부란 무엇일까라는 회의에 발목이 잡혀 세상살이가 더 허망하기만 하였다. 모든 것을 잊고 다시 시작하자고 아무리 다짐을 해도, 그것은 그리 쉬운 일이 아니었다. 더구나 결혼을 한 후에는 남편이 가져다주는 월급으로 살림이나 하던 오십대 여자에게 현실은

만만한 게 아니었다.　　　　　　—<나를 위로해 준 말 없는 친구> 중에서

　현실은 늘 만만하지 않음도 모르고 살아온 중산층 여인이 나이 오
십에서 새롭게 부딪힐 수밖에 없는 현실은 참으로 냉혹했을 것이다.
그러나 이 작가는 거기에서 주저앉지 않는다. 이번엔 원고지가 아니
라 컴퓨터의 세상으로 돌진해 들어가 새로운 세계를 만나기 때문이
다. 거기에서 그는 지금까지 몰랐던 세상에는 자신보다 더 가난하고
힘든 이웃이 있다는 것을 알게 된다. 또한 그에게는 잃은 것만 있는
게 아니라 아직 남아 있는 것도 있음을 깨닫게 된다.

　그런 인식에 눈이 떠지자 나의 생활에 활기가 돌기 시작했다. 그저 잃은
것의 집착에만 시달리던 일도 많이 줄어들었고, 괴롭기만 하던 마음도 조
금씩 편해지기 시작했다. 이제 나는 컴퓨터뿐 아니라 어떤 새로운 것에도
도전할 수 있는 용기와 자신이 생겼다.　　　　　　　　—윗글 중에서

　천주교 신자이면서도 이 작가는 불교의 보왕삼매론(寶王三昧論)을
벽에 붙여 놓고 산다. 거기에는 이런 구절이 있다. "세상살이에 곤란
없기를 바라지 말라. 세상살이에 곤란이 없으면 업신여기는 마음과
사치하는 마음이 생기나니, 그래서 성인이 말씀하기를 '근심과 곤란
으로써 세상을 살아가라' 하셨느니라."
　이런 법문(法文)을 늘 가까이했기 때문일까, 이 작가에게는 자신에
게 덮치는 환란과 역경 앞에 무너질 듯 하면서도 언제나 꿋꿋이 일어
서는 강인함이 있다.
　한항순 씨의 등단 작품은 <여러 개의 모습>이다. 모든 사물은 하

나의 모습일 수가 없다. 누구나 바라보이는 시각에서만 바라보게 될 뿐, 그 뒷면은 알지 못한다. 차가움 속에도 따뜻한 정은 흐를 수 있는 것이고, 아름다움 속에도 추한 면은 숨어 있게 마련이다.

그런 이중성은 사람에게도 있다. 꽃무늬가 잔잔한 포플린 저고리를 입고 있는 여인의 모습은 참으로 조용하고 음전하다. 그러나 붉은 치맛자락을 펄럭이며 정열적으로 춤을 추는 여인의 모습에서는 집시의 열정 같은 것이 뿜어져 나온다.

이 작가에게도 그런 두 가지 모습이 공존하는 것같이 보인다. 그의 글에는 정적이면서도 동적인 성향이 혼재하기 때문이다.

나는 어린 시절 늘 어머니의 치마꼬리를 붙잡고 다니는 소심하고 겁 많은 아이였다. 성격도 지독하게 내성적이어서 늘 말이 없고 조용한 편이었다. 내 생각을 남에게 드러내는 것이 두려워 말을 안 하다 보니 학교에서도 있는 듯 없는 듯한 존재였던 것 같다.

―<두려움에 대하여> 중에서

<불씨>는 이런 조용한 천성이 잘 드러난 작품이다. 이 글은 한때 성냥갑을 모으는 취미를 가졌던 체험을 소재로 한 글이지만, 독자는 '불씨'라는 제목에서 먼저 이 작가의 가슴속에 화산처럼 꺼질 수 없는 어떤 불씨를 끄집어내어 줄 것이라 기대하게 된다. 그러나 이 글은 이렇게 조용히 결미를 지을 뿐이다.

이제는 아무런 쓸모가 없어진 그것들을 보면서 나름대로의 의미를 새겨 본다. 점점 삭막해지고 메마른 나의 가슴에는 훈훈한 사랑의 불씨가 당겨 져 따뜻한 사람이 되게 하고, 먼 곳에서 외로움과 공부와 씨름하고 있을

아이에게는 희망의 불씨가 되기를 간절히 빌어 본다.

—<불씨> 중에서

'훈훈한'이나 '따뜻한'이라는 표현은 정적인 성향의 작가들이 즐겨 쓰는 어휘들이다. 이 작가의 작품적 성향은 여기에 한정되는가 싶었다. 그래서 '감사하는 마음', '여백의 의미', '나를 돌아보며' 같은 글들은 이 작가가 즐겨 잡을 만한 소재라는 생각이 들었다.

그러나 독자는 그의 작품들을 읽으면서 또 하나의 모습이 있음을 엿보게 된다. 그것은 아주 적극적이고 활기찬 모습인데, 그런 성향의 글들은 그의 작품 세계에서 평범성을 걷어 내며 신선한 매력을 부여해 준다.

자전거를 타고 나서 천호대교부터 행주대교까지 21개의 다리가 있는 한강변은 물론이거니와 양평이나 남한산성 자락을 돌며 운치 있는 오솔길을 익혔고, 춘천의 호숫가를 달리며 물안개가 피어오르는 것을 감상하기도 했다. 벚꽃이 만개할 때는 하늘거리는 꽃비를 맞으며 전주 군산 간 백 리 길을 달렸으며, 손에 잡힐 듯 바라다 보이는 북한 땅과 출렁이는 바다를 보며 강화도를 돌기도 했다.

—<푸른 강물처럼> 중에서

건강을 위해서라는 명분도 있지만, 나는 그 뒤로 이십 년 동안 거르지 않고 에어로빅 운동을 해 왔다. 슬플 때는 슬픔을 잊기 위해서 열심히 뛰었고, 기쁠 때는 더 신이 나서 운동을 했다. 춤을 추고 있을 때는 모든 것을 잊고 내가 그 속에 빠져들었다.

오늘도 오십이 넘은 나는 젊은이들 틈에 끼어 열심히 에어로빅을 한다. 몸이 후끈 달아오르며 땀이 비 오듯이 쏟아진다. 그리고 그 몰아(沒我)의 세계에서 또 다른 나를 만난다.

—<나를 사로잡는 것들> 중에서

3.

한항순 씨의 글을 읽다 보면 끌로드 모네와 조르쥬 쇠라의 그림들을 떠올리게 된다. 작품의 분위기는 모네의 그림들처럼 잔잔하고, 일상의 일들을 꼼꼼히 소재로 잡아 형상화한 것은 쇠라의 점묘법(點描法)과도 같기 때문이다. 그러면서도 가끔은 빈센트 반 고흐의 짓이기는 듯한 노란 붓질을 연상시키는 것은, 이 작가의 내면에 깊숙이 자리 잡고 있는 또 하나의 모습을 보기 때문일 것이다.

"그동안 내 삶에 기쁨과 활력을 주었던 익숙한 몸짓들과는 이별을 고하고 노년으로 가는 새로운 일상에 정을 붙여야겠다."(<익숙한 몸짓들과 이별을 고하며>)고 말은 하면서도, "비를 애타게 기다리며 반쯤 허리를 드러낸 호수를 보고 있자니, 항상 가득 채워지기를 열망하는 우리의 마음과 닮았다는 생각"(<호숫가의 아침>)을 할 수 있는 작가이기 때문이다.

그는 자신을 소심하고 내성적이라 하지만, 그의 글 속에서 대담하고 강한 또 하나의 모습을 발견해 내는 것은 독자의 기쁨이다. 이 다양성이 그의 작품 세계에 생명력을 불어넣어 주고 있는 것이다.